______的藏书

NO.______

收藏时间______

收藏地点______

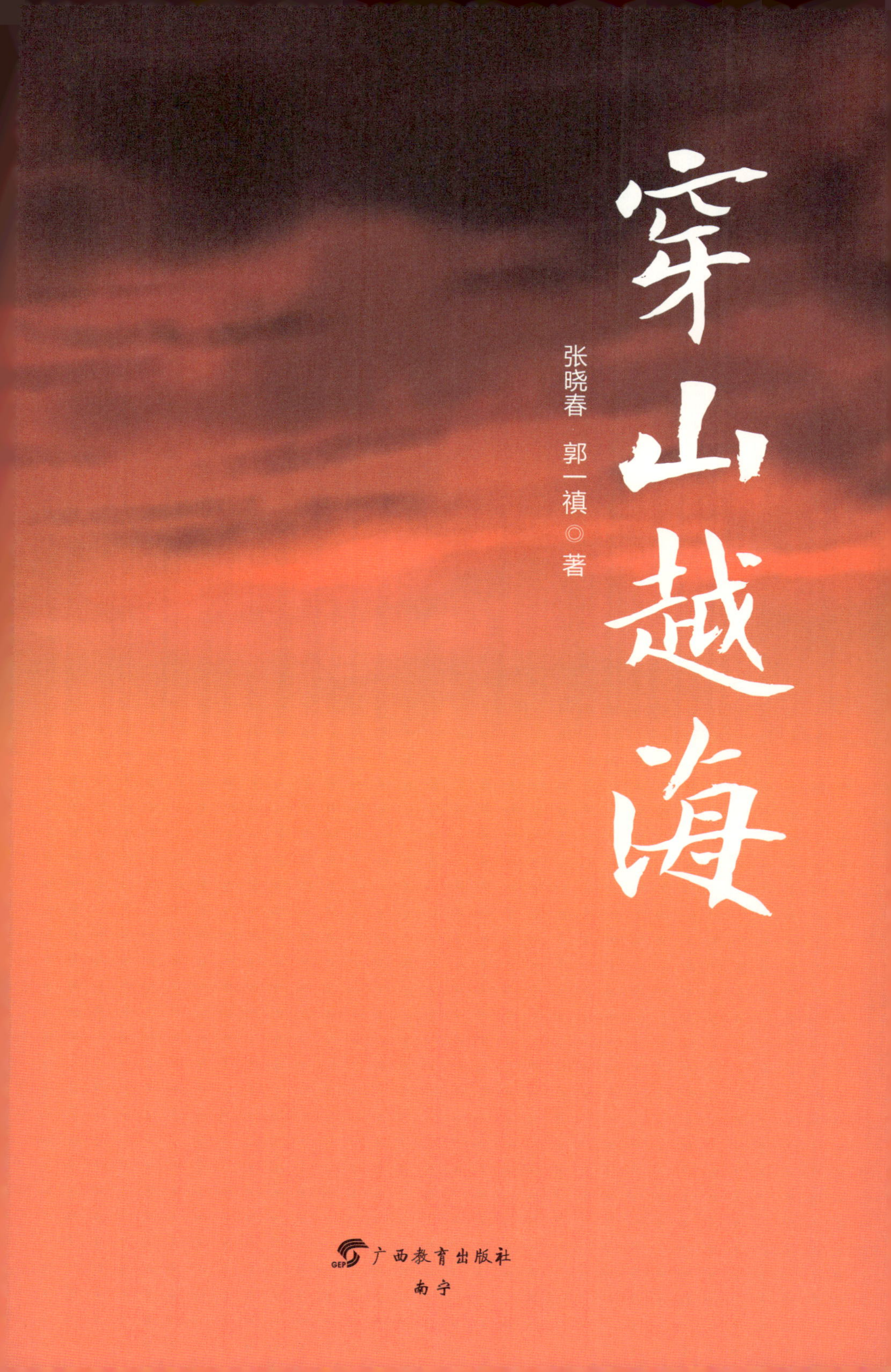

穿山越海
张晓春 郭一禛◎著
广西教育出版社
南宁

图书在版编目（CIP）数据

穿山越海 / 张晓春，郭一禛著 . -- 南宁：广西教育出版社，2020.6（2024.11 重印）
ISBN 978-7-5435-8790-8

Ⅰ.①穿… Ⅱ.①张… ②郭… Ⅲ.①中篇小说－中国－当代 Ⅳ.①I247.5

中国版本图书馆 CIP 数据核字（2020）第 090325 号

策划编辑：张星华
责任编辑：张星华
助理编辑：周栩宇
责任校对：陆媱澄　卢佳慧
装帧设计：杨　阳
插图绘制：郭一禛

CHUANSHAN YUEHAI

出 版 人：石立民
出版发行：广西教育出版社
地　　址：广西南宁市鲤湾路 8 号　邮政编码：530022
电　　话：0771-5865797
本社网址：http://www.gxeph.com
电子信箱：gxeph@vip.163.com
印　　刷：广西民族印刷包装集团有限公司
开　　本：890 mm × 1280 mm　1/32
印　　张：5.5
插　　页：8
字　　数：81 千字
版　　次：2020 年 6 月第 1 版
印　　次：2024 年 11 月第 4 次印刷
书　　号：ISBN 978-7-5435-8790-8
定　　价：23.00 元

齐抱朴

见素抱朴，少私寡欲。

——《老子》

初中生，校足球队主力前锋，人缘挺好，还是个有点天不怕地不怕的“混不吝”。白泽的出现让他意识到这个世界上还有很多他不知道的、需要敬畏的事物，也让他明白对万事万物保持一定的敬畏心并不是懦弱。

林修齐

物格而后知至，知至而后意诚，意诚而后心正，心正而后身修，身修而后家齐，家齐而后国治，国治而后天下平。

——《礼记·大学》

初中生，齐抱朴最好的朋友。曾经是各方面都优秀的“别人家的孩子”，因为家庭变故，性格变得孤僻。在离家出走后，被诱骗染上毒瘾，并被困毒窝近一个月。这段经历彻底改变了他对生活、对世界的看法，在好友齐抱朴的帮助之下才渐渐走出那段阴影。

耳　鼠

又北二百里，曰丹熏之山，……有兽焉，其状如鼠，而菟首麋身，其音如獆犬，以其尾飞，名曰耳鼠，食之不䏩（cǎi），又可以御百毒。

——《山海经·北山经》

齐抱朴在寻找林修齐的路上最先遇见的妖兽。生了一张兔子脸，声音却像狗。性格温顺讨喜，常常栖于抱朴肩头。能凭借着自己的长尾巴飞行，并且能保护人不受毒品侵害。平时如同吉祥物，常人不可见其容。活泼好动，有时会造成意想不到的状况。

白　泽

帝巡狩，东至海，登桓山，于海滨得白泽神兽。能言，达于万物之情。

——《云笈七签·轩辕本纪》

齐抱朴在市图书馆遇见的上古神兽。通过去，晓未来，善恶分明，对人类心理有着超乎寻常的理解力。性情温和，知无不言，言无不尽。

穷　奇

少皞氏有不才子，毁信恶忠，崇饰恶言，天下谓之穷奇。

——《史记·五帝本纪》

齐抱朴在出租屋遇见的上古神兽。在漫长岁月中，穷奇和白泽形成了两种完全不同的价值观。穷奇对惩恶扬善没有兴趣，对维护社会正义缺乏责任感，但在最后却帮助齐抱朴寻找林修齐。

目录

序

张晓春

多年来开展毒品预防教育，我一直在探索还能有什么既新颖又容易被青少年接受的方式，能讲清楚毒品对我们生活的影响。在反复询问初中生、高中生喜欢阅读的书籍类型之后，我萌生出写一本小说的想法。我想着这本小说能成为一个窗口，里面既有中国元素，又能宣传禁毒知识，还能帮助中学生从另一个角度了解自己这个年龄段的特点。

在和一禛反复讨论后，我们决定写一本玄幻题材的禁毒小说。《穿山越海》的故事框架就是在这样的情况下形成的。

故事里有两个男生，一个内向又敏感，一个外向而勇敢。敏感的男生虽然在成长的过程中遇到了一些困难，但他天性善良，是个正心诚意的孩子，所以名叫“修齐”。勇敢的男生虽然成绩不拔尖，是个天不怕地不怕的“混不吝”，但本性纯洁，朴实又热心，代表着对毒品一无所知却心存善念的青少年，所以名叫“抱朴”。

故事从初中生齐抱朴发现好友林修齐离家出走，于是决定出去找他开始。在寻找林修齐的路上，齐抱朴先是遇见了耳鼠，这是一只长着兔子脸，声音却像狗，性格温顺、讨人喜欢的上古妖兽。耳鼠识百毒、御百毒，它与生俱来识别毒物的能力在帮助齐抱朴寻找林修齐的路上起了非常重要的作用。

在市图书馆，齐抱朴又遇见了上古神兽白泽。白泽不仅善恶分明，还对人类心理有着超乎寻常的洞察力。白泽预见齐抱朴前路凶险，因此主动陪伴在齐抱朴身边，做他的保护神。尽管白泽外表严肃，为人端方，但在深入接触之后却能发觉其性情温和，知无不言，言无不尽。白泽在齐抱朴寻找林修齐的路上提供了很多帮助，与齐抱朴亦师亦友，一如我们成长过程中遇到的一直包容且引导我们的长辈或老师。

在林修齐曾经住过的出租屋，齐抱朴还遇到了任性、乖张的神兽穷奇。穷奇对惩恶扬善没有兴趣，对维护社会公义缺乏责任感。无论是跟在齐抱朴身边干扰他的行动，还是带齐抱朴到贩毒窝点找林修齐，都是穷奇的一时兴起。穷奇代表了我们身边三观不正的某些人。社会是复杂的，像穷奇这样的人及其非主流的观点是真实存在的，我们要批判性地看待，不要盲目肯定，更不要全盘否定，不同的声音或许还能给我们带来新的启发。这需要我们学会鉴别和思考。

小说里的林修齐既不幸又幸运，因为他有一个无论遇到多少困难都一直愿意相信自己、帮助自己的好朋友。小说里的齐抱朴也是幸运的，因为他在寻找好友林修齐的过程中，遇到了几个给予其帮助和启发的上古神兽。经历了解救林修齐的事，齐抱朴意识到，帮助别人要注意方式，更要注意保护好自己。

我们很慎重地参考了《抱朴子》《山海经》等，从中选择了白泽、耳鼠、穷奇作为小说里的角色，借助他们的“超能力”展示青少年应知应会的毒品预防知识和技能，以及越轨行为、标签理论等心理学知识，并努力让这样的说理自然流畅。希望这样的形式能帮助青少年在心里筑起一道屏障，保护大家远离毒品的侵蚀。

楔　子

老式空调运行时虽有轻微的噪声，但送出的凉风吹散了夏天的暑气。

齐抱朴惬意地趴在床上，兴致勃勃地翻看手里的漫画书。拖鞋随意地踢在床边，书桌上摊着写了几页的暑假作业。

“抱朴，”房门被敲响，妈妈走了进来，“你爸昨天带回来两箱水果，你去给修齐家送一箱。”

“嗯？好。”

齐抱朴跳下床，穿上袜子就往门外跑，但还没出房间门就被妈妈揪了回来。

“穿——拖——鞋——！不然你自己洗袜子！”

“啊！疼，疼，疼，疼，疼！”

齐抱朴抱着一箱水果，踢踢踏踏地走着，狭长的楼道里回荡着他的脚步声。

自放假之后，他就没有见过林修齐——他的邻居兼发小。两个人小时候好得恨不能穿同一条裤子，天天一起玩闹。在他俩四年级时，修齐爸妈离婚了，那之后两个人渐渐有些疏远，但即便如此，他俩也从未超过一周不见面。

太奇怪了，也没听说修齐出门旅游，怎么就那么久没见过呢？

难道他遇见了烦心事不愿出门？

修齐的父母刚离婚那会儿，他就是很长时间不愿出门，把自己关在房间里谁也不见，最后还是齐抱朴闯进屋里把他拽去球场踢球。这次那么长时间不见他出门，说不定也是遇到了什么事情。

疑惑间，齐抱朴来到了林修齐家门口。齐抱朴按响了门铃，心不在焉地想着等会儿见到修齐该怎么把他拽出门。

门比往常更快地开了，是修齐妈妈。

“抱朴啊，有什么事吗？”

齐抱朴简单地向修齐妈妈问好，表明了来意，接着问道：“阿姨，修齐在家吗？”

听到这句话，修齐妈妈的脸色一下子变了。

“修齐不在你家吗？”

“啊？为什么会在我家？”齐抱朴疑惑道。

听到这个回答，修齐妈妈的脸上顿时血色全无。

“我还以为……我还以为他去你那里了……”

这时齐抱朴意识到事情有些不对劲。在征得修齐妈妈的许可后，齐抱朴进了林修齐的房间。屋子里收拾得干干净净，桌面上却落了薄薄的一层灰。书本整齐地叠放在书桌一角，最上面一本暑假作业仍是簇新的，看不出被翻过的痕迹。

从小到大，齐抱朴都是临近开学了才开始狂赶假期作业。林修齐却不一样，他在假期开始的前两周就会把作业做完。而现在放假已经一周半了，作业却还没动过，这不像是林修齐会干的事情。

"太奇怪了。修齐究竟怎么了？"恍惚间齐抱朴把自己的疑惑说了出来，本来没想得到回应，但身后传来了一个犹豫的声音。

"修齐他……已经一周不在家了。我原本以为他去了你家。"

答案很明显：林修齐离家出走了！

修齐妈妈没有再说话，背过身去打电话，开始调查修齐的行踪。齐抱朴则继续在房间里查看修齐留下的痕迹。书包不在房间里，衣架空了几个，钱包和手机也都不在。

齐抱朴的视线又回到了书桌上。他看见台灯上贴了张便签，走上前去把便签摘了下来。上头的字迹，他再熟悉不过，是修齐的，看着整齐但撇折点捺都带勾。小学时他们是同桌，他知道修齐因为这个习惯没少被语文老师挑毛病。

便签上写了一个地址——玉泉路，山海之家。没有门牌号，也没有邮编。齐抱朴从没有听说过这个地方，他甚至不知道玉泉路是否在本地。他微微皱眉，很快就决定去找找看。

“阿姨，我先走了。”齐抱朴向修齐妈妈道别。他没有说自己打算去找修齐，临出门前却被修齐妈妈拦住了。

“抱朴，这件事情，可不可以请你先保密？”

齐抱朴有些摸不着头脑。

“我想……修齐会自己回来的。我也会想办法找他。可不可以请你先不要说出去？”

齐抱朴虽然不明白修齐妈妈在顾虑些什么，但是点头答应了。

回到家，齐抱朴拿起手机在地图上查询玉泉路的地址。却没想到跳出来的相关地址不是玉泉路，而是白泉路。白泉路在本市的东郊，和齐抱朴平时活动的区域相距甚远。

“抄错了吗？”

虽然有些疑惑，但齐抱朴还是决定先去碰碰运气。他戴上帽子，顺手抄起桌面上的钥匙串便出了门。

似乎是运气不佳，抑或找错了方向。齐抱朴骑着单车绕了一个半小时才找到白泉路，但是他把这条路都走遍了，也没有看到什么“山海之家”。

“奇怪……不是这里吗？”齐抱朴喃喃自语。

夏日的阳光亮得刺眼，地面上蒸腾着的暑气让齐抱朴有些乏力。汗水滑进眼睛，导致齐抱朴视线有些模糊。他甩了甩头想把汗水甩掉，却因此连人带车撞上了路边的一棵树。

砰的一声巨响，树叶簌簌地落了满地。

“痛……”

“呜——痛死了！”

两个声音同时响起，齐抱朴猛地打了个寒战。他抬眼一看，自己的膝盖上趴着一只棕色的毛茸茸的不明生物。小小的一团，比他的拳头稍大一些，长着一张兔子脸，但尾巴却很长，又像是狐狸。

“兔子？”齐抱朴揉了揉自己的眼睛，以为自己眼花。

小家伙抖了抖身上的灰，呛得齐抱朴直咳嗽。它转过身体，直视着齐抱朴。

“我不是兔子。”

齐抱朴眨了眨眼，惊得一时间说不出话。

“我叫耳鼠。”

“……耳鼠。”齐抱朴怔怔地重复了一遍，似乎还没反应过来为什么这个小家伙会说人话。

“嘻。”耳鼠咧了咧嘴，露出一个笑容，齐抱朴不禁又是一抖。

“能看到我的人不多了呀，好久都没有人看见我了。”耳鼠跳上齐抱朴的肩头，在他的肩膀上转了两圈。齐抱朴觉得自己全身上下每根汗毛都竖了起来。

“……妖怪？”齐抱朴开口问道。

“也可以这么说吧。你们习惯这样叫我，但我会说自己是妖兽。”耳鼠有些欢快地说。

齐抱朴闭上了嘴。他明明只是来找离家出走的林修齐，结果林修齐没找着，却遇见了这么奇怪的事情。他开始怀疑自己是不是被树撞傻了。

此时的齐抱朴没想到的是，寻找林修齐的过程远比他想象的要复杂得多。遇见耳鼠，仅仅只是一个开始而已……

第一章

茫茫前尘事

市图书馆。

老式书架上整齐地摆放着不同年代出版的地方志和风物志。齐抱朴在书架间穿梭，手上抱了五六本厚厚的书。

那天找寻玉泉路未果，齐抱朴便回家了。耳鼠却由此缠上了他，赖在他身边不走了。奇怪的是，他的父母、邻居、朋友都看不见这个自称活了八千年的妖兽。齐抱朴几乎要以为自己是白日做梦才看见了耳鼠。

距离齐抱朴找寻玉泉路又过去了两天，林修齐仍旧没有回家。放心不下的齐抱朴决定再去找一次，而知道他想找玉泉路的耳鼠建议他去图书馆看看地方志。

“你确定本市有玉泉路？”齐抱朴压低了声音，问趴在自己肩头的耳鼠。

“我活了八千年，你们人类没事就喜欢改名换姓，我哪里记得住那么多。”耳鼠懒懒地打了一个哈欠，仍旧趴在齐抱朴的肩膀上。

“妖怪活了上千年、上万年也不会改名，你去翻《山海经》，我就是这个名字。你们人类说什么‘行不更名，坐不改姓’，却没事就喜欢给自己取好几个名字。写书的有笔名，上网的有网名，东一个西一个。”

“嗯……”齐抱朴想起自己和同学的网名，觉得自己好像无力反驳。

“不只是你们自己的名字，地名也喜欢改。比如那条白泉路，三五年前还叫河口路。你们如果不是那么爱换名字，地方志会那么厚吗？”

“可是你不觉得河口路很土吗？还是白泉路好听点吧。”

一人一妖用别人听不见的音量轻声拌着嘴。齐抱朴找了个没人的角落坐下，把几本地方志放到桌子上，然后坐下来一本一本地翻看着。

肩头的耳鼠忽然安静了，齐抱朴没有发现异常，认真地翻着书。

本市的确是有玉泉路的——在二十年前的地方志里，那条路在城市的西北部，也就是现在的老城区。齐抱朴掏出手机准备查地图规划路线。就在此时，一阵风吹过，哗啦啦地将书页翻乱了。

齐抱朴想把书翻回刚才那页。他的手指刚碰到书本，一股强大的力量就从书本传出来，猛地将他向外推去。

“砰！”

震动从书本蔓延到了地下，连带着附近的书架都发出了“吱呀”的声响。书页间焕发光芒，而后一个庞然大物从中走出。那是一只通体纯白的巨兽，头上长着一个山羊角，脸孔像壁画上的龙，身形却像狮子。它轻轻一吐气，便引得周围又是一震。

齐抱朴吓得怔在原地无法动弹，可不远处来读书的人却似乎对这个角落发生的一切毫无察觉。

“吾名白泽。”

那巨兽没有张口，声音却传进了齐抱朴的脑海。那声音浑厚低沉，像以前听过的某种弦乐，自带使人清醒的功效。

似乎是嫌不方便，名唤白泽的巨兽摇身一变，变成了一个眉眼温和的青年。

“果然是你啊！刚才他拿起这本书的时候，我就觉得不太对劲。”耳鼠伸出头大叫，爪子仍旧扒着齐抱朴的肩膀。

白泽矜持地点点头，没有更多的表示。

齐抱朴晃了晃神，这才反应过来。他犹豫了一会儿，压低声音问道："你也是……妖怪？哦，不，妖兽？"

白泽轻飘飘地瞥了齐抱朴一眼，没有回答这个问题。

"他是上古神兽白泽，是通晓过去未来一切事的天下万鬼之主。"耳鼠在齐抱朴耳边悄悄说道，"跟我这种小妖不是一个级别的……哇呜，他看过来了！"

齐抱朴小心翼翼地看了一眼白泽，在接触到对方视线后下意识挺直了背。他咽了一口口水，重复了一遍："通晓过去未来一切事？"

"嗯。"白泽开口。

"那……请问你知道玉泉路的山海之家在哪里吗？"齐抱朴又问。

白泽似笑非笑地看了他一眼，然后点点头。

"能带我去吗？"

"可以。"

看到白泽这么好说话，齐抱朴和耳鼠都不免吃了一惊。齐抱朴没有犹豫，马上站起身，说道："那我们现在就出发吧。"

“抱朴，你为什么要找玉泉路啊？”在前往玉泉路的路上，耳鼠在齐抱朴耳边问道。

齐抱朴露出犹豫的神情。他看了一眼白泽，随即又觉得没什么可隐瞒的。对方通晓过去未来一切事，恐怕早就知道前因后果。他说与不说，对白泽来说都没有差别。

“我想去找我离家出走的朋友。”齐抱朴开了口，声音带着一丝苦涩。

看到耳鼠和白泽都摆出一副愿意听故事的样子，齐抱朴便滔滔不绝地讲了起来。

齐抱朴和林修齐从出生起就是邻居，两个人都是独生子。小时候，林修齐是街坊邻里口中的“别人家的孩子”，乖巧懂事，成绩优秀。尽管林修齐性格有些内敛不爱说话，但相较于齐抱朴这样的皮猴儿，林修齐显然是更容易得到大人夸奖的那一个。然而，这样的两个人却成了好到能穿同一条裤子的兄弟。

林修齐会陪齐抱朴踢球，做他最忠实的边后卫，和他一起在球场驰骋。只有林修齐能够跟得上他的速度和思路，也只有林修齐能够通过一个眼神理解他的想法。足球需要天赋，需要配合默契，这两样他们都占全了。他们是最好的搭档，也是最完美的攻击组合。

偶尔，齐抱朴的妈妈也会在他惹出麻烦事后揪着他的耳朵，叫他跟林修齐学学，但他从不忌妒林修齐。

齐抱朴以为，日子会一直这样下去。他一直是那个成绩不好不坏、喜欢踢球并做着足球梦、性格带刺的齐抱朴；修齐则一直是好学生、乖孩子，理所应当地考上重点中学、重点大学，享受众人羡慕的眼光，获得赞扬和褒奖。他们会一直在一起踢球，哪怕步入社会、穿上西装打上领带，哪怕性格天差地远，他们也会是彼此最好的搭档、最好的朋友。

然而，上小学二年级那年，修齐爸爸做生意失败了，染上了酗酒的毛病。偶尔在夜深的时候，齐抱朴会听见隔壁传来口齿不清的咒骂和压抑的呜咽，伴随着重物敲击的闷响。静谧无声的夜晚，那交错的声音显得格外瘆人。

人群里是没有秘密的，尤其是在齐抱朴居住的这种抬头低头都是熟人的老式社区。很快，修齐家发生的事情成了人们茶余饭后的谈资，一如他们从前称赞修齐的优秀一般，他们对修齐和修齐妈妈身上的每一处青紫、每一道划痕都给予了高度的关注和深深的怜悯。仿佛在旁观别人的苦难时，只要不经意地提起并表示同情，就能证明自己的善良和正义。

但这个世界上没有那么多的感同身受。虚假的同情对正在深渊里挣扎的人来说，不过是加诸其身的一把又一把尖刀。对于那些站在深渊外的人而言，刀口没落在自己身上，他们自然不会觉得疼。

在他们四年级的时候，修齐的父母离婚了。修齐和妈妈留在了老房子里，爸爸净身出户。从那之后，修齐就愈发寡言少语，性格也日益孤僻。就算是齐抱朴都不知道该如何让他多说话。上了初中之后，两人不同班，关系就更是疏远。

直到齐抱朴发现林修齐离家出走，他才发觉两人的关系变得很不对劲。

“我已经有很长时间没有跟修齐一起踢球了。”齐抱朴说着，眼睛看向了地面，“以前我妈老数落我天天跟着修齐玩，怎么不跟他学点好的。但是上初中以后他就再没有跟我一起踢过球。

“其实我不确定自己能不能找到他，因为我并不知道他为什么要离家出走。但是如果修齐遭遇不幸，我一定会非常非常难过。

“我不想在未来的某一天为没有去找他而后悔。”

耳鼠看着齐抱朴有些颓丧的表情，主动蹭了蹭他的耳朵，说：“没事的，我陪你一起找！一定会找到他的。”

齐抱朴抿了抿嘴，没有接话。他转头看向白泽，眼里、心里升起了小小的希冀。“白泽，你通晓过去未来一切事。你能不能告诉我，修齐在哪里？”

白泽看着紧盯着自己的两双眼睛，面不改色地说道：“我的确知道他在哪里。”

齐抱朴脸上的阴霾一扫而空，眼睛闪过一丝光亮。

“但是我现在还不能告诉你。”

“为什么？”齐抱朴失声追问。

“因为现在的你还没有能力理解在他身上发生的事情。你即使知道他在哪，也无法将他带回来。”

齐抱朴听了气得想笑。

没有能力理解在修齐身上发生的事？荒谬，太荒谬了。他从出生起就认识林修齐，见过他穿开裆裤摔跤哭成大花脸的样子，见过他背起书包戴上红领巾春风得意的样子，见过他生病躲在被子里不肯吃药又不肯去医院要赖皮的样子……他怎么可能没有能力理解修齐身上发生了什么？修齐爸妈离婚之后，只有他能跟修齐说上话，只有他能拉着修齐出门。

但是，但是——

“抱朴，以后不要再来找我踢球了。我不想去。”

夕阳从窗外照进教室，给所有的桌椅都镀上了一层金边。林修齐低着头，整张脸笼罩在阴影里，齐抱朴看不清他的神色。

“为什么？”齐抱朴问。

“因为我不想去。你跟他们去就好了，为什么非要带上我？”林修齐依旧低着头。

“可是……”

“没有可是。”林修齐的语气有些不耐烦，“天天跨班来找我，你也很累吧？以后不用带上我了。”

“好！”齐抱朴被他冷淡的态度刺激到了，火气冲上头便开始口不择言，“我以后都不来找你玩了。我乐得轻松！你满意了吧！”

齐抱朴气愤地转身，大步流星地走出教室。

那天之后，齐抱朴再也没有和林修齐踢过球。尽管他们还是每天一起上学，但不再似以往那般有聊不尽的话题。他们只是简单地打声招呼，然后沉默地一起走一段路，到了教学楼就自然地走向不同的楼层，走进不同的班级。齐抱朴不是话特别多的人，林修齐也不是。但齐抱朴从来没有觉得林修齐不爱说话会让自己如此气闷。哪怕是从小一起长大，好得能穿一条裤子，他也不可能懂得林修齐的全部。

白泽说的没错。

现在的齐抱朴的确无法理解林修齐身上究竟发生了什么。他不理解为什么林修齐忽然不肯跟他一起踢球，也不理解为什么这次期末考的红榜没有林修齐的名字，更不理解为什么林修齐要离家出走。所有的这一切都来得没有丝毫征兆。不，或许是有的，只不过齐抱朴从来没有注意过罢了。

事到如今，齐抱朴必须承认，他没有自己想象中的那样了解林修齐。

“那……你什么时候能告诉我呢？”齐抱朴沉默了许久，有些艰难地开了口。

“等到你能够理解的时候，我会告诉你一切。”白泽温和地回答。

“要是我一直不理解呢？要是修齐出了什么事呢？到了那时候不是一切都迟了吗？！”齐抱朴抓

着白泽的手，太过用力以至于指关节都有点泛白。

白泽没有因为齐抱朴的无礼而露出不满的神色，仍旧平和地说：“我可以陪你一起找，我向你保证，他目前没有生命危险。但是你必须尽快理解他的处境，因为他所面临的威胁，比你想象的要复杂得多。”

“你会陪我一起找？”齐抱朴仍然没有放手。

“我会。”

“你保证他没事？”

“目前没有生命危险。”

“我能找到他吗？”

白泽反扣住齐抱朴的手，轻轻地将他推离。

“这个问题，应该问你自己。”

“问我自己？”齐抱朴皱起眉头。

白泽指了指齐抱朴的胸口，沉声说道：“答案早在你心里。”

白泽带着齐抱朴来到了兰溪路。

狭窄的水泥路上有好几处水汪，路边摆满卖吃食的小推车。偶尔有人骑着摩托车在其间穿梭，留下滚滚浓烟和在耳边回响的轰鸣。齐抱朴不明所以，一时间有些呆愣。

“这里是……玉泉路？”齐抱朴的声音带着一些不确定。

“曾经是的。”白泽答道，声音温和却不容置疑。

“山海之家也在这里？”

“是的。”

齐抱朴跟着白泽，穿过小摊，拐进一个巷子，沿着小路七拐八弯地走到了一栋老旧的住宅楼前面。以那栋住宅楼外墙苔藓的厚度来看，恐怕这栋楼房的年纪比齐抱朴大得多。黑黢黢的入口透着阴冷的气息，入口旁的墙壁上有一块褪色的板子，上面模糊地印着“山海之家”四个大字。

“山海之家……还真的是。”齐抱朴咕哝道。

白泽不置可否。

“哎，抱朴，进去看看吗？”耳鼠扯了扯齐抱朴鬓角的头发，在他耳边问道。

齐抱朴点点头，走了进去。

走进楼里的那一瞬间，齐抱朴就感受到一阵凉意迎面扑来。狭长的走廊里回荡着他的脚步声，紧挨着的房门都紧闭着。也许因为是白天，没有住户开灯，整条走廊笼罩在阴影里。空气带着潮湿的味道，其间混杂着霉味。

耳鼠吸了吸鼻子，尾巴在齐抱朴耳后快速摆动着，怕痒的齐抱朴一阵一阵缩脖子。

“别闹。”

齐抱朴伸手压住了耳鼠的长尾巴。

白泽不动声色地瞥了耳鼠一眼。

走廊尽头的房门开着，里头空荡荡的，没有行李也没有私人物品。地上散落着泡面盒子和各种零食包装袋，空气里弥漫着泡面和零食混杂的味道，难闻得令人作呕。这样看来，似乎前一个住客刚走不久。齐抱朴走进房间，耳鼠马上从他的肩膀上蹿到地上，从零食包装袋中间翻出一个奶茶包装袋，尾巴不停地摇着。

“不要翻垃圾。”齐抱朴皱了皱眉。

“抱朴，这不是普通的垃圾。”耳鼠的声音难得有些严肃。

“不就是袋装奶茶吗？有段时间我们班女生特别爱喝这个。”齐抱朴不以为然。

“不是。这里面装的不是奶茶。”

“不是奶茶还能是什么？咖啡？”

“这里面装的是K粉，是毒品。”

“……啊？”

齐抱朴觉得这个世界一定是疯了，又或者是他疯了。奶茶包装袋里头装着毒品，那他以前喝袋装奶茶岂不是都在吸毒？这也太匪夷所思了！

作为一个还算听话的孩子，齐抱朴一直觉得毒品离自己很远。他不去夜店，不去酒吧，只是偶尔放学回家时在学校旁边的小卖部买瓶冰饮料。除了痴迷足球，他的生活简单而又普通，和大多数同龄人没有差别。毒品于他而言，不过是学校或者社区宣传栏上出现的概念，跟他没有什么实际关系。

“耳鼠一族，识百毒、御百毒。你应该相信它，识别毒物是它与生俱来的能力。”白泽的声音在耳边响起。

齐抱朴回过头，看见白泽沉静如水的面孔，不知为何下意识地就想要相信他说的话。

“那是，中国历史上下五千年，就没有我不认识的毒。”耳鼠听见白泽的评价，得意扬扬地摇起了尾巴，一对长耳朵也配合着左右摆动，“我绝对不会认错。”

齐抱朴沉默了。他有些困惑地看向白泽，企图从对方的表情上寻找一些蛛丝马迹。

“包装袋而已，不过是最简易的伪装罢了。”白泽开口道。

“伪装？”齐抱朴疑惑。

“简单地说，别人可以穿上你们学校的校服伪装成你们学校的学生。同样，毒品也可以用奶茶袋来包装，假装自己是奶茶。”

“那我怎么知道自己喝的是奶茶而不是毒品？”

“你可以不喝。”白泽干脆利落答道。

齐抱朴干咳了一声，想要借以掩饰自己的尴尬。夏天没有冰镇冷饮，还真是难以想象。

“我说白泽，你这么多年还真是一点儿没变啊。”

忽然，半空中传来一个声音。齐抱朴被那嚣张至极的声音吓了一跳，他左顾右盼，仍然无法判断那个声音的来源。

“不喝奶茶、不喝咖啡就能避开毒品了吗？做了这么多年世界和平的梦，你怎么还没醒？！”

白泽的神色一瞬间冷了下来，散发出的料峭的寒意带强大的压迫感让齐抱朴有些透不过气。白泽伸手将齐抱朴拉向自己身后，另一只手轻轻一挥，又一扯，从虚空中拉出了一只长着黑色双翼的牛头巨虎。

耳鼠跳上了齐抱朴的肩膀，在他脖子后面缩成一团，身体止不住地发抖。

“放开本大爷！”

那妖兽说完，作势要去咬白泽的手腕。白泽手一松，又一甩，便将那妖兽扔到了墙角。

“换个样子再来跟我说话。”白泽冷声道。

“嘁。”

那妖兽啐了一口，摇身一变幻化成身披黑衣的瘦高青年，手腕上文着一只醒目的黑色牛头老虎。那青年一双桃花眼，嘴角噙着三分不正经的笑，缓步向齐抱朴走来。

“本大爷叫穷奇，你小子给我记好了。好话不说第二遍。”

白泽仍然挡着齐抱朴，不让穷奇碰到他。

“我有必要认识你吗？”齐抱朴毫不在意穷奇身上逼人的气场，回敬道。

“我说抱朴，你平时是不是不看书？你知道……你知道他是谁吗？”耳鼠在齐抱朴耳边小声地问道，“他是上古凶兽少皞的儿子，是非不分的凶兽。他动一动手指就能把我们都捏碎！”

齐抱朴皱了皱眉：“你怎么这么怂。”

耳鼠有些不满地咬了齐抱朴一口，但没下狠嘴，只在他的脖子上留了一排浅浅的牙印。

穷奇似乎不太在意齐抱朴的顶撞，他把矛头转向白泽，神色倨傲地睨着他。

“你还真的和以前一模一样。”

白泽不发一言。

穷奇向前走近一步，眉毛高高地扬起。

“说不出话了？你身后的小鬼可是一脸茫然哦，你不跟他解释一下？”他话锋一转，“也对，你当然解释不出什么。毕竟毒品本身就是一个人为规定的概念。”

“穷奇，”白泽斥责道，“闭嘴！”

“我偏不！”穷奇顶撞道。

白泽感觉到自己的袖子被扯了一下，他低下头，齐抱朴眼里的求知欲毫不掩饰地展现在他面前。

“这件事和我寻找修齐有关系吗？”齐抱朴问道。

白泽轻轻点头。

“那么请告诉我吧。”

耳鼠不满地咕哝：“为什么不问我！我也可以告诉你呀！”

齐抱朴安抚地摸了摸耳鼠的长尾巴，眼睛却仍

白泽伸手将齐抱朴拉向自己身后。穷奇向前走近一步，眉毛高高地扬起。

旧盯着白泽。

白泽微微叹了口气，开口却条理分明："毒品，是指某些被滥用的能使人形成瘾癖的药品。"

"你生病时喝的止咳药水，失眠的人吃的安眠药，做手术用的麻醉药，其实都含有相应的成分。"

齐抱朴想了想，问道："之前开学的时候，有名警察到学校上课，他说毒品属于麻醉药品和精神药品，这么说对吗？"

"可以这么说。合法按量使用的时候是药品，滥用的时候就是毒品。因为人类使用这类东西产生的副作用可能对社会造成危害，所以世界上绝大多数国家会制定法律限制它们被滥用。

"比如这个奶茶袋里的K粉，主体成分的化学名称叫氯胺酮，曾经是手术麻醉时使用的药品。"

齐抱朴听得懵懵懂懂，问道："所以说，它们本质上都是药物？"

"是的。"

"因为会成瘾，所以不能随便用？"

"对啊，所以本大爷才说这是一个人为规定的概念。"穷奇冷笑一声，"有病治病的时候就说这是药品，没病还想用就是毒品。"

白泽还没来得及回答，就被穷奇打断了。

“人类太脆弱，很容易对外物形成依赖，又缺乏统一的标准。同一种东西，在一个地方合法，在另一个地方非法。列管的就是毒品，没有列管的就不是。”穷奇不依不挠。

“穷奇！”白泽呵斥了一声。

“你叫本大爷干吗？怎么，我说错了？在一些西方国家，吸食大麻是合法的，你又怎么解释？”

“每个国家有每个国家的法律。在哪国就要守哪国的法律。况且，成瘾性物质本身对人体是有害的，没有列管也改变不了它们有害的事实。

“从成分上来说它们和药品没有区别。因此，被禁止的不是使用，而是非法使用。滥用这些物质会造成非常严重的危害，无论是对个人还是对社会。”白泽说。

“呵，与你我相比，人类不过是浩渺天地里的尘埃，及时行乐、醉生梦死有什么问题？做了那么多年假惺惺的正人君子，你不累吗？”穷奇满不在乎地说道。

齐抱朴说不清自己此时的感觉。与白泽、穷奇、耳鼠相比，齐抱朴的生命最长不过百余年，的确与尘土没什么差别，自己只不过是这些妖兽漫长生命中的匆匆过客。

可是——

“白泽，你说的这些和修齐有什么关系？”齐抱朴仍旧困惑。

白泽的眼中闪过一丝复杂。他张了张嘴，话在嘴边停留了好一阵子，才最终说出口。

“抱朴，我不得不告诉你……你的朋友已经在滥用这些药品了。”

齐抱朴睁大了眼睛，嘴巴微张却说不出一个字。他听清了白泽说的每个字，却仿佛觉得自己听错了。

“小鬼，你是不是听不懂人话？你朋友吸毒了，懂了吗？”穷奇不屑地说。

第二章 迷雾现初影

齐抱朴如坠冰窖。

“不可能！”

他一个踉跄，后退了两步，然后转身向门外跑去。他一间一间地敲开了租客的门，开门的人都不是林修齐。齐抱朴没有放弃，他觉得只要找到林修齐，一切问题就都可以解决了。林修齐没有，也不会去吸毒。

“你小子怎么回事，吵死了！”

一间房门“啷啷”地打开，里头出来一个年纪不大的男人。他顶着青紫的黑眼圈，瞪着一对倒三角眼，恶狠狠地盯着齐抱朴。

“整栋楼都是你的声音，还要不要睡觉了！大白天没事干，一边儿玩泥巴去！”

被人劈头盖脸一通吼，齐抱朴有些不忿地撇了撇嘴。

“啧，明明你的嗓门比我大多了。”

“你还顶嘴？很有能耐啊！”

齐抱朴还想说些什么，被身后追上来的白泽拉住了。齐抱朴回过头，看见是白泽便有些不甘地扁了扁嘴。

白泽把齐抱朴拉到自己身后，居高临下地盯着那名年轻男人。年轻男人刚想说些什么，就被身后的声音打断了。

“吵什么吵什么！赵雷，你这么有力气吼，什么时候交房租？！”

一个矮胖的光头男人气势汹汹地从楼上走了下来，看见白泽时有些惊讶地挑了挑眉，眼珠子转了转，满脸堆笑地走了上来。

“这位小哥面生得很啊，来租房子吗？可是很抱歉，我们现在已经租满了，您看这——”

“郝金印，你怎么回事，这两个人大清早吵吵嚷嚷，你还不把他们丢出去，啰啰唆唆什么呢！”

“我看你嗓门也不小啊，不如先把房租交了？”郝金印回过头瞪了赵雷一眼，随即又迅速笑容满面地转向白泽和齐抱朴，不过他的眼睛多半在看白泽。

“我说白泽，你拉住那小朋友没有？”穷奇大摇大摆地从走廊尽头的房间走出来，他一只手插着口袋，另一只手捏着耳鼠的尾巴。

“小鬼，你忘了你的小宠物。”穷奇看着齐抱朴说。

郝金印和赵雷看不到耳鼠，自然不明白穷奇口中的“小宠物”指的是什么。但他们都看到了穷奇从最后一间房里出来。似乎想到了什么，郝金印的脸色瞬间沉了下来。

“这位客人，您这样直接进别人租的房间，要是丢了什么东西，我们很难办啊。”郝金印盯着穷奇说。

穷奇冷笑一声，将耳鼠往齐抱朴怀里一丢。齐抱朴接住耳鼠，安抚地摸了摸耳鼠的头，小心地将耳鼠放到了自己的肩膀上，然后抬头看见穷奇走到了郝金印面前，低头盯着那个胖男人。

“本大爷做什么，轮不到你来教我。”

“你！”

“你什么你，你知道本大爷是谁吗？”

郝金印的脸红了又黑，眼睛眯了起来。旁边的赵雷一脸幸灾乐祸的表情看着他。

“你是谁？你们来这里到底是做什么的？”郝金印问道。

“我们来找人。”齐抱朴忽然出声。

“找人？”

“我们来找我朋友，大概这么高——”齐抱朴伸手比画了一下，“比我瘦一点儿。”

“我没见过。”郝金印马上说，“我是这里的房东，这里的每一个住客我都见过。我没见过你说的小男孩。”

“你怎么知道他是男生？”齐抱朴声音变得尖锐了起来，“我刚刚没有说过他是男生！”

郝金印的脸色突然变得难看了起来，他发了狠使劲把几个人往外推。

“我说没见过就是没见过！不管他是男孩还是女孩，我都没见过！我们的房都租出去了，麻烦你们另寻别家！”

白泽默不作声，只是护着齐抱朴和耳鼠，任由郝金印推着他们向楼外走。穷奇侧身躲开了郝金印的双手，径自走了出去。

郝金印将他们推出门，叉着腰站在门边赶他们走。白泽掸了掸身上的灰，拉着齐抱朴走了。

回家路上，齐抱朴一言不发，神色抑郁地低着头。

“小鬼，怎么不说话了？”穷奇似乎不太习惯齐抱朴安静的样子，没话找话地问道。

齐抱朴没心情说话，依旧沉默着。穷奇见状扬了扬眉毛，还想说些什么的时候，被白泽制止了。

“少说两句。”白泽的面容看不出悲喜，只有那双透亮的凤眸里写着不赞成。

“嘁。”穷奇不满地翻了个白眼。

夏日的白昼特别长，下午五六点太阳仍没有下落的意思。齐抱朴停下脚步，看着老城区里人们忙忙碌碌的身影，忽然叹了口气。

“白泽，修齐他……为什么会吸毒？”齐抱朴抬眼看向白泽，神色复杂。

“他并不知道这件事。”

“什么意思？”

“他的邻居把毒品混在了食物里，而他并没有发觉，他是在不知不觉中成瘾的。”

齐抱朴脸上的神色在一瞬间变了几遍，先是震惊，然后是释然，而后全都变作了化不开的痛惜。

“他现在在哪里？是不是还在刚才的出租屋？”齐抱朴猛地抓住白泽的手，急切地问道，“我是不是应该回去等他？”

白泽没有直接回答他的话，空出来的那只手轻轻扶住了齐抱朴不让他摔倒，态度一如既往地温和："做你想做的事情就好。"

一行人又回到了山海之家。

入夜后的山海之家褪去了白天的沉沉死气，多了一分隐藏于夜幕下的躁动。老式的楼房中隐隐透出嘈杂的音乐声，似乎有人在跳舞，踢踏的脚步带着整栋楼都在震动。

"这真的是出租屋吗？这么吵。"齐抱朴嘀咕道。

潮湿的空气中仍旧带着白天就闻过的霉味，并且这次还混杂了几丝若有若无的甜腻，刺鼻得令人作呕。齐抱朴忍住想吐的冲动，捂住口鼻向楼上走去。

白泽给齐抱朴施了个法术，让他的整个脑袋都被一个圆形的透明泡泡笼罩着。泡泡围住齐抱朴的那一瞬间，周围刺鼻的空气骤然消失，取而代之的是清新的空气。齐抱朴顿时觉得神清气爽了起来。

"这是什么？"他问道。

"一个小法术。"白泽简单地回答。

齐抱朴戳了戳笼罩在自己脑袋周围的泡泡，那层屏障的触感像水，又像风，似乎并无真物，指尖却有丝丝凉意。

"啧。"穷奇响亮地咂舌，"本大爷还不知道你改行当保姆了。”

白泽冷冷地瞟了穷奇一眼。穷奇冷哼一声，没有继续说下去。

齐抱朴看着穷奇吃瘪的样子，忍不住偷笑出声。

“臭小鬼，你笑什么？”穷奇眯了眯眼，摆出一副要生气的样子。

“没什么，想笑就笑了呗！”齐抱朴说道。

“哼，你别以为有白泽帮你，本大爷就不敢收拾你了。”穷奇盯着齐抱朴说。

齐抱朴朝穷奇做了个鬼脸。穷奇佯装要发作，齐抱朴“咻”地躲到了白泽身后。

“给点颜色，你还开起染坊了。”穷奇挑眉，“本大爷想抓你，你躲哪儿都没用。”

“那你来啊，别光嘴上逞英雄。”

“好了，”白泽淡淡地打断了两人之间的玩闹，“上去吧，别浪费时间。”

二楼像白天一样安静得出奇，一排窗户连灯光都少见。在二楼的楼梯口就能听见三楼传来的嘈杂乐声和恼人的跺脚声，但二楼的住户似乎一点反应也没有。齐抱朴挠了挠耳朵，觉得很奇怪。

作为出租屋，三楼那么嘈杂，二楼的租户不会投诉吗？白天房东还气势汹汹地叫赵雷闭嘴以免扰民，怎么到了晚上反倒还让租户开音响跳舞呢？

耳鼠不知何时蹿没了影。肩头空落落的，齐抱朴倒还有些不习惯。他按捺不住好奇向三楼走去。刚踏上三楼，耳鼠就摇着尾巴扑进了他怀里。

“你到哪里去了？”齐抱朴接住了耳鼠，忍不住责怪道，“不要乱跑好吗！”

“抱歉啦！”耳鼠蹭了蹭齐抱朴的手指，“刚刚闻到味道就不由自主地跑上来了。”

“味道？你又闻到了什么？”

“毒品啊！”耳鼠的眼睛滴溜溜地看着齐抱朴，“你没觉得这儿的空气很刺鼻吗？果然里面有一伙人在吸毒。”

齐抱朴摇了摇头，指了指自己头上的泡泡，说：“我闻不到，白泽给我施了个小法术。”

“哪怕是毒品燃烧后的气体，达到了一定浓度也会对人体有害。”白泽温和地解释道，“一定的保护措施是必要的。”

“嘁！”穷奇翻了个白眼，“能有多浓？工厂废气、汽车尾气，甚至冬天烧炭取暖时散发的烟雾达到一定浓度时，都对人体有害。你是不是时时刻刻都要给他戴着这个鱼泡头？我说白泽，你以前不是这么婆婆妈妈的啊，怎么活了几万年反倒越活越回去了。”

白泽没有理会穷奇的挖苦，只是面不改色地对齐抱朴说道：“时间不早了，你要看什么不如现在去吧。”

齐抱朴点头称是。

三楼的格局与二楼的有所不同。二楼一间间独立的小房间看起来跟其他老旧的出租屋别无二致，而三楼却只有两间打通了的大房间，看着像活动室，又像舞厅。

齐抱朴走近了那间放着音乐的房间，只见窗帘紧闭，门也关得严严实实，一点儿也看不见里头的状况。他靠近窗户，悄悄挑开了窗帘的一角。

五色的射灯刺入眼眸，晃得齐抱朴有些眩晕，加上震耳欲聋的音乐和鼓点，让他几乎站不稳脚跟。他定了定神，这才看清里面“群魔乱舞”的情景。里面的人状若癫狂，在忽明忽暗的灯光下交错扭动着身体。有几个人随着音乐节奏大幅甩头，从一边不要命地甩向另一边，仿佛要把脑袋甩出去一般。齐抱朴看得胆战心惊，仿佛连带着自己的脖子都隐隐作痛。

“他们那样甩，脖子不会断吗？”

齐抱朴皱着眉头，灯光晃得他眼花，但他能确定这群人里头没有林修齐。

“会啊，”耳鼠答道，“有不少人整个脖子甩错位，甚至甩断，但还是身不由己要这样甩。”

“为什么呢？不疼吗？”

“甩断脖子的痛和心底按捺不住的痒，你觉得哪个更难受？”耳鼠问道。

“肯定是甩断脖子啊。”齐抱朴理所当然地回答。

穷奇听了冷笑一声，说道：“小鬼，不懂了吧。疼痛可以忍，忍不下去晕死的也常有。痒却不一样，千万只小虫在心底爬，左挠一下右咬一口，不疼是不疼，但全身上下每一个细胞都会叫着要把这种痒赶跑。‘心痒难耐’总听说过吧！”

“那痒了怎么办？”

“该嗑就嗑呗，还能死了不成。”穷奇又摆出一副无所谓的态度。

“不对！”耳鼠全身上下的毛都炸了起来，“就不应该去碰！毒品对身体的损害是不可逆的！吸食过量是会死人的！”

“哟，你养的小宠物也会发脾气了啊。”穷奇嗤笑一声，“人生苦短啊，及时行乐才能体验世间百态。有什么问题？”

“穷奇，慎言。”白泽的声音明显带着不赞同。

“嘁，又开始摆你的长辈谱，有意思吗？那我问你，因得不到而终日惶惶和得到了而一时极乐，你会选什么？”

“我会选择不碰。”白泽淡淡地说。

“啧。”穷奇响亮地咂舌，换来白泽轻浅的一瞥。

“抱朴，”白泽转向了齐抱朴，神色带着郑重，“你要记得，人生在世，遇到的诱惑很多，会让你心痒难耐的东西更多，但是有些东西从一开始就不要去碰，因为一旦踏进去就没有回头路可走。”

齐抱朴眨了眨眼，白泽一眼就看穿了他仍旧懵懂。

“也许这么说，你不容易理解。”白泽向他伸出手，“你随我来，我带你去看。”

齐抱朴下意识地抓住了白泽的手。

一阵天旋地转，无数星星从身边划过，像电影里的流星雨场景。齐抱朴定睛一看，却发觉那一颗颗从身边划过的流星里装着无数的场景和无数的人。齐抱朴有些惊讶，只见白泽信手抓了一颗流星，拿到了他的面前。

那颗星星在白泽的手里发出耀眼的光。亮光包围了齐抱朴，刺得他下意识闭上了眼。再睁眼时，他正在一间破旧的房子里，眼前是一张掉了漆的铁架床，上面躺着一个骨瘦如柴的男人。齐抱朴第一次看见人瘦得只剩下骨架，觉得有些不舒服。

“怕了？”白泽问道。

“才没有！”齐抱朴反驳。

白泽见齐抱朴的确没有害怕的神色，便以眼神示意他走上前仔细看看。

齐抱朴走近了那个人，这才看清了他身上密密麻麻的针孔和结了痂的伤疤。那人的大腿高高肿起一块，几乎能看见皮下的血管。齐抱朴觉得十分瘆人，身上起了一层鸡皮疙瘩。

“他这是……吸毒留下来的？”齐抱朴指着那些针孔，问道。

白泽点了点头。

“也是因为吸毒才这么瘦吗？”齐抱朴又问。

白泽还未回答，躺在床上的人忽然惊叫了一声，把齐抱朴所有的注意力都吸引了过去。那人腿上的肿块突然剧烈跳动着，随着“啪”的一声响，皮肉绽开，鲜血像喷泉一样喷涌而出，溅了齐抱朴一身。

男人痛苦地抽搐着，床上、身上都是鲜红的血。汗水、鼻涕、泪水混杂着从脸上滑落，和腿上源源不断喷涌而出的鲜血混在一起，弄得满室狼藉。鲜血浸透了床单，顺着床架子一滴一滴地滴在了地上，渐渐汇成一小滩。

齐抱朴下意识地往后退了一步。他看了看自己，手上、身上都是那个人的血。他的心咚咚咚地跳着，几乎要跳出喉咙口。那血溅到他身上的时候还是热的，却刺得他连骨髓都感觉冷得生疼。

齐抱朴一张脸煞白，惊惶无措地看着白泽，丝毫不见平时张扬的样子。

白泽一挥手，齐抱朴身上所有的血迹便尽数消失，但齐抱朴总觉得自己身上还是沾满了血。

“别怕，这只是虚拟的。”白泽按住了他的肩膀以示安抚。

齐抱朴白着脸摇了摇头，想说自己并不害怕，却一个字也说不出来。他缓了好一会儿，才哑着嗓子开口：“这也是吸毒造成的吗？”

“是的。”

“为什么……会这样呢？”

“他的内脏、血管都受损了，你看他身上那几个深色的疤，其实都是以前血管破裂造成的，就和刚才的状况一样。你觉得他瘦得可怕，是因为他吃任何东西都无法吸收其中的养分。”白泽回答。

“他……会死吗？”齐抱朴看了一眼床上已经休克了的人，匆匆收回了视线。

“现在还不会，但他这一辈子也就这样了。”

“这样……是指什么样？”齐抱朴追问。

白泽顿了顿，看了一眼齐抱朴，毫不犹豫地直言：“终日惶惶，无所事事，只要有毒品就能浑浑噩噩过下去的行尸走肉。”

“换句话说，生不如死。”白泽又补充了一句。

齐抱朴的瞳孔猛地一缩。

生不如死。

如果让他终日躺在床上，吊着一条命什么都不想、什么都不能做，时不时血管破裂，还要和毒瘾做斗争，的确生不如死。虽然齐抱朴现在并没有想清楚前路该如何走，也不知道自己未来会做些什么，但他知道，如果和这个男人一样，那就没有任何未来可言了。

“走吧，”白泽又一次伸出手，“带你去下一个地方。”

齐抱朴木着脸把手放进了白泽的手心。周围的景象在他碰到白泽的那一瞬间消失，他又一次被一阵亮光所包围。

再次睁开眼睛，齐抱朴发觉自己在派出所里。穿着制服的民警坐在报警台后面，大厅里还有几名民警在工作。他和白泽就站在最前面的那名民警面前，而对方全无察觉。

“他看不见我们吗？”齐抱朴问。

“看不见。”白泽干脆利落地答道，“你看到的这些都是已经发生过的事情，你不能参与其中。”

一丝疑惑从齐抱朴脑海中闪过，还没等他想明白，一个冲进来的人便打乱了他的思绪。

“警察，救命！有人追杀我！”

那是一个衣衫凌乱的男人，头发也乱糟糟的，眼里写满了惊恐。

“怎么了？”

“有人提着刀要杀我！”

坐在报警台后的民警虽有些惊讶，但仍礼貌地开口说道：“这位同志，你先冷静一下，能不能仔细说说是怎么回事？”

那个男人上气不接下气地说：“我刚才出门，下楼梯的时候就看到有个人拿着刀鬼鬼祟祟地躲在楼梯拐角，眼里泛着凶光。我觉得有些怪异，但也没有细究就打算去做自己的事情。

“然后那人看到我了，对我大喝一声，我也没听清楚他吼什么，他就提着刀追着我跑。我跑了三条街，最后从前面巷子口的拐角拐了小路，才把那人甩开，赶到你们这儿来报案。

“警察大哥，你们可得帮帮我啊。我现在不敢回家了！”

齐抱朴看那人慌张的样子不像是说谎，他下意识地压低了声音问白泽：“追杀他的人是吸了毒吗？”

白泽不置可否，只叫他耐心往下看。

坐在报警台后头的民警和在办公桌旁的几名同事交换了一下眼神，而后站起身绕过报警台，伸手想去扶那个男人坐下，准备进一步了解情况。

“这位同志，你往这边坐，我们还有些情况要问清楚。”

民警的手刚碰到那个报案男人的手臂，马上被男人推开了。男人警觉地往后跳了一步，做出一个扎马步的动作。齐抱朴还没明白过来，只见那男人从口袋里掏出了一个打火机，打着了火，然后高高举着，做出防备的动作。

“我乃太上老君座下童子，我手中是老君所赐镇宅之宝。你们这些妖魔鬼怪都伤不了我！”男人煞有介事地说着，一边说一边摇头晃脑。

“吃小仙一掌！”男人说完，挥舞着打火机朝民警打去，被民警一个侧身躲过后反手钳制在地上。

“这小子绝对刚吸完毒跑出来发疯！”民警向同事们说道。

那个男人被放倒后仍旧挣扎着，嘴里不清不楚地说着什么仙法、什么绝世神功。后头几名值班的民警见此情况都上来搭了把手，齐齐把他扣下了。

齐抱朴看得目瞪口呆。

“……他才是那个吸了毒的？”半晌，齐抱朴才开口问道。

“是的。”白泽回答。

“我看他刚才还很正常……不对，是不是没有人追杀他？”

“没有。这一切都是他的臆想。”

“……他神经错乱跟吸毒有关系？”

“是被害妄想症。”白泽纠正了齐抱朴的说法，“吸毒使他的神经系统受到了损伤。幻觉产生得多了，便分不清梦境和现实。”

齐抱朴有些脊背发凉，他想到了林修齐，心里不免产生深深的担忧。白泽说过，林修齐被人蒙骗吸毒，已经成瘾了。他抓住白泽的手，追问道：“修齐……修齐也会这样？”

“如果放任他一直这样下去，总有一天会变成这样的。”

“不行！”齐抱朴手上的力气不由自主地加大了，但白泽毫无反应。

“修齐不会这样的，对不对？我们现在找到他，把他带回家，他就不会继续吸毒了是不是？”

“也对，也不对。”白泽答。

齐抱朴不解。

“修齐的妈妈对此还一无所知，你直接带他回去，只会害了他，甚至会害了他们一家。”

“为什么？”

白泽没有直接回答，而是反扣住齐抱朴的手，将他拖入了下一个幻境。

齐抱朴发现自己来到了一间老房子里。

眼前是一对中年夫妇，妇人的头发有些斑白，男人的脸上也有几道明显的皱纹。

“我把钱藏在床垫里面了，还有两千多点。”妇人说。

男人点了点头，说：“昨天，催债的又上门了，我说下个月发了工资就还给他们。这点钱得管接下来的一个月，你得仔细打算打算怎么用。”

“我晓得的。”

“不能再给那小子发现了。”

“嗯，你放心。”

“那我出门了。”男人说完走出了房间，陈旧的铁门砰地关上了。妇人在床边坐了一会儿，而后拢了拢头发走进厨房。厨房清理得很干净，锅碗瓢盆看起来有些年头了，灶台上连调味料都很少。妇人拿起墙角蔫了的菜来择，几乎都没舍得扔。

齐抱朴看得心里有些酸楚。他转过头，看见一个青年鬼鬼祟祟地摸进了妇人的卧室。

齐抱朴忙跟上去，只看见青年蹑手蹑脚地翻动着房间里的衣柜、抽屉……

“小偷？”

齐抱朴想去提醒妇人，却想起白泽说的话，这些幻境都是已经发生过的事情，他不能干涉。

“在哪里？……越来越会藏了。”青年嘴巴不干不净地嘀咕着，翻找着衣柜里每一件衣服的口袋，一无所获后又去翻被子和枕头。

这时妇人走了进来，看见青年在到处乱翻，脸马上就沉了。

“你不要找了，不会让你找到的！”妇人大声喊道。

青年看见妇人进来，从鼻子里哼了一声，急急问道：“你把钱藏哪儿了？！”语气中丝毫没有被发现的惊恐，而是带着很明显的不耐烦。他在房间里踱步，来回走着显示自己的不耐烦。

“藏哪里都不会告诉你。我们家没钱了，不可能再供你去吸。”妇人斩钉截铁地说。

“你是不是藏身上了？”青年毫不理会妇人后半句话，径自走上前去摸妇人的口袋，“就一百，就给我一百。”

妇人推开了青年的手，向后退了几步：“一块钱都不给！”

青年的眼睛红通通的，像是充了血：“一百块而已，你都不肯给吗？你怎么又肯给我爸抽烟喝酒呢？”

“我怎么就生了你这么个讨债鬼！我们家没钱了，你懂吗！”妇人无奈地说。

“我不管，没有那个我活不下去！”青年急了，冲上前推搡着妇人，嘴里喊着，“你不是我妈吗？不是什么都能答应我吗？怎么连我这一点小小的要求都不答应了呢？”

“你真的是疯了！”妇人慌忙躲着，声音带了哭腔。梳得整齐的头发散乱了，袖子也被青年扯开了一个口子。

“我是疯了！我被你们逼疯了！”

“你吸毒都把我们家吸垮了！你这是要你爸妈的命！”

“你们才是要我的命！”

“你混蛋！”妇人骂道。

青年忽然抡起了凳子，高高砸到妇人身边的地上：“我还可以更混蛋一点，你信不信！”他的脸扭曲成了一团，目眦尽裂的表情宛如地狱里爬上来的恶鬼。

妇人的哭声混杂着惨叫声渐渐远了。

幻境被白泽收起，齐抱朴愣在了原地，半晌说不出一个字。

青年狰狞的表情在齐抱朴的脑海中挥之不去，妇人尖着嗓子的哭喊更是在他耳边久久回荡着。血脉至亲为了一点钱反目成仇的事情，他不是没有听说过，但都因为离自己太远而没有多少切身的感受。

可这样遥远的事情，现在被白泽真切地展现在了齐抱朴的面前。

“你可能不会相信，刚才那个青年也曾是三好学生。”白泽轻轻开口。

“中考失利之后，他因交友不慎染上了毒瘾。零用钱花光了就偷家里的钱，父母原先不知道，直到他越偷越多，才露了马脚。

“他的父母发现了以后，觉得他靠自己能戒毒，商量了缓慢戒断的计划。起初他遵守得很好，但敌不过毒瘾的折磨，于是又开始偷家里的钱去吸毒，直到把家底都掏空了。”

齐抱朴嘴唇动了动，细如蚊蚋的声音从喉咙间冒出：“……那个妇人怎么样了？”

“被儿子亲手杀了。”白泽说。

齐抱朴猛地一抖。

“他毒瘾上头，脾气和行动都不受理智控制，稍有不慎就会情绪失控，连零星小事都能被无限放大。一次，他毒瘾发作的时候，抄起菜刀把他妈妈砍死了。”

“……为什么呢？”齐抱朴问。

“嗯？”

“为什么要给我看这些？你想告诉我……修齐也可能变成那样？”

白泽没有接话，齐抱朴就当他默认了。

“我不信。修齐不会做这种事情！”

齐抱朴的脸色仍旧苍白，但他强撑着精神盯着白泽。

“我很了解他……不，也许没有我想的那么了解。”齐抱朴声音越来越小，但又转而坚定地说，“但是，我相信修齐不会做这样的事情。比起伤害身边的亲人，他更容易憋着伤害他自己。”

“如果他因为这个原因自杀了呢？”白泽开口道。

齐抱朴不说话了。他知道白泽说的没错。林修齐或许不会在毒瘾发作时伤害亲人，但很有可能选择自我了断。

齐抱朴所了解的林修齐，太像会做这种事情的人了。

“你怎么了？”齐抱朴问道。

林修齐独自在厕所前面的洗手池洗校服衬衫，流水哗啦啦地冲刷着，发出嘈杂的声音。

“没什么。”

齐抱朴凑上前去，看见了白衬衫上混杂着泥水的脚印。

“谁欺负你了？怎么回事？”齐抱朴激动地问。

“小事。”林修齐面无表情地回答。

“你是不是挨打了？”齐抱朴追问。

“你……别告诉我妈。”林修齐顿了顿，只从嗓子里蹦出这么一句，“她压力挺大的，你别跟她说。”

“那我去告诉老师。”齐抱朴说着，转身便向外走。

“别去！”林修齐见他要走，忙伸手抓住了齐抱朴。校服掉进池子里，顺着水流向排水口冲去。

林修齐扯回了齐抱朴，又伸手把校服捞了起来继续清洗，再开口时语气平静得像在陈述别人的事情。

“你看见我校服脏了，但其实我没吃亏。那几个人没在我这儿讨到好。

“你去跟老师说，老师肯定会找家长。这跟直接告诉我妈没区别。

“算我求你了，抱朴，别说。什么都不要说。”

齐抱朴其实知道林修齐心里在意的是什么。林修齐父母离婚之后，他父亲净身出户，留下他们母子在小区里住。小区里的邻里平时聊天的内容无非是东家长西家短。修齐家里的事情，在很长一段时间内一直是别人家餐桌上的谈资。人们对母子俩的同情很快淡了下去，又开始惋惜一桩姻缘的离散，甚至揣测修齐妈妈不懂周旋、不会忍耐，感叹林修齐这么小就失去了父亲。这世界上最不缺的就是站着说话不腰疼的人。

林修齐只不过是不想给他妈妈增添烦恼罢了。

林修齐之前遭受校园霸凌都忍气吞声、一言不发，现在遇见了这样的事情，想到这里的齐抱朴突然很害怕林修齐一时想不开。

“白泽。”许久，齐抱朴缓缓开口，“我应该怎么办？”

齐抱朴扬起脸，让自己能够看见白泽的神情。

白泽仍旧和平时一样平和，看不出悲喜，超然得像天边的流云。都说浮云一触即散，可是白泽却总给齐抱朴安稳可靠的感觉。

“我一开始就告诉过你答案了。你要尽快理解他的处境和遭遇，这样才能帮助他。”白泽回答。

“我现在理解了。我知道他被人欺骗染上毒瘾。白泽，你能不能带我去找他？”齐抱朴急切地问。

但让齐抱朴失望的是，白泽仍旧摇了摇头。

“还不够。你现在了解的还不够。”

“那什么时候才算够呢？”齐抱朴急了，语气也冲了起来，“我到底什么时候才能找到他呢？”

“你需要自己去找。”白泽并没有因为齐抱朴的态度而不悦，说话的语气仍旧温和，但那份温和却让齐抱朴更为生气。

“你说过会帮我的！但是你现在什么都不告诉我！”齐抱朴大声地说。

“啧啧啧，就吵起来了啊。早跟你说不要当小屁孩的老妈子，偏不信。”齐抱朴的话音刚落，一个嚣张里带着嘲讽的声音就插了进来。齐抱朴回头一看，穷奇从幻境的深处大摇大摆地走了过来。耳鼠在穷奇的肩膀上坐着，见到齐抱朴便三步并作两步跳了过来。

“白泽，你制造幻境的手段见长啊。本大爷居然花了这么长时间才进来。”穷奇开口。

白泽的眉头微微一皱，没有理会穷奇的嘲讽。

“你们刚刚忽然就消失了，穷奇说白泽把你带入了幻境里。”耳鼠在齐抱朴耳边蹭了蹭，“他给你看了些什么？”

“三个人。”齐抱朴对耳鼠还是比较有耐心的，“一个因为吸毒全身器官都坏了，血管破裂；一个吸毒后神经错乱，去派出所发疯；还有一个吸毒吸到倾家荡产，毒瘾发作了……杀了自己的妈妈。”说到最后一个场景时，齐抱朴的声音渐渐低了下去。

“嘁，搞半天就给你看这个。真无聊。”穷奇不屑地嗤笑一声。

齐抱朴瞪了他一眼，穷奇不以为意，反倒自来熟地搭上了齐抱朴的肩膀。

“本大爷带你去感受一下什么叫刺激。”

一阵天旋地转，齐抱朴便看不见白泽和耳鼠了。再睁眼时，他坐在一辆车的驾驶座上，眼前是八车道的马路。齐抱朴手里握着方向盘，完全记不得自己不会开车这件事。

他觉得有些飘飘然，头脑混混沌沌的。脚下的油门很轻，轻轻一踩车子就飞了出去，仪表盘上的

一阵天旋地转，无数星星从身边划过，像影视作品里的流星雨场景。白泽信手抓了一颗流星，拿到齐抱朴面前。

数字飞速上升，但齐抱朴似乎感觉到车子在告诉他，他还可以开更快。

马路渐渐变得更宽，再一眨眼却变成了飘着黑白方格旗的赛车道。齐抱朴迷糊间觉得自己好像生来就是一名赛车手，他看着前方红白交错的障碍物，从心底里生出了几分自信，笃定自己能完美地绕开这些障碍物。

齐抱朴操纵着方向盘，加快了车速，在这些障碍物间穿梭。车子在他手底下如同游鱼，又像矫鹿，偶有碰撞到障碍物却一点也不妨碍他将车速越开越快。

身后似乎传来了有些嘈杂的鸣笛声，齐抱朴完全不为所动，只在赛道上飞快地开着。飞驰的感觉让他的心跳加速，手里握着的方向盘成了他的力量来源。

“砰！”刺耳的一声巨响，齐抱朴感觉到自己的车飞了出去。失重感在一瞬间被放得无限大，他感觉身边的事物在旋转。安全气囊挤压得齐抱朴喘不过气，树枝穿透了后车窗，玻璃碎片飞射到了他身上。血液从脖颈处滑下，还溅到了白色的安全气囊上，像他以前看过的雪后红梅，但齐抱朴几乎感受不到疼痛。

脑海中的混沌随着撞击消失。齐抱朴定睛一看，车窗外根本不是什么赛车道，只是普普通通的城市马路。而他以为的那些障碍物，其实都是马路上行驶着的私家车。跟在他车后面的私家车连环相撞，碰了一大片。

疼痛迟缓地蔓延至全身上下每一个角落，从皮肉到骨髓，疼得齐抱朴只想昏睡过去。

“哎哟，小鬼，你杀伤力挺大的嘛。”

齐抱朴勉强抬起眼，看见穷奇似笑非笑的表情。他刚想问些什么，但脑子又闪过一片混沌。

他似乎处在梦里，眼前是茫茫白雾。看不到边界的原野里只有他一人，然后他看见了林修齐，看见了一起踢球的朋友，看见了父母，紧接着看见了许许多多曾经发生的事情。

灰蒙蒙的雾渐渐淹没了所有的回忆，齐抱朴想去抓住那些美好的瞬间，却只能看着它们从指缝中溜走。这时前方出现了一束黄色的光源，齐抱朴向那光源走去，伸出手去触摸那昏黄的光。

那光源异常明亮，却不烫人，也许是月光。

齐抱朴定睛一看，原来那光亮处不是月亮，而是自己头顶的吊灯。

迷糊间，齐抱朴看见自己的手臂上有密密麻麻的针孔，还没等他想起那针孔是什么，旁边的人推了推他。

“喂，你手里的针借我用下。”

手里的注射器被身边人拿走，齐抱朴侧过头去看，一个面孔陌生的矮个子男孩熟练地拿着注射器刺进了自己的皮肤。

“你听说没，隔壁达哥昨天被查出了艾滋病。”

齐抱朴愣愣地看着他，不太明白他的意思。

“问他怎么得的，他也说不出来。昨晚上被带走了。”

“……怎么得的？”齐抱朴张了张嘴，声音沙哑得完全不像自己。

“呵，”那男孩挥了挥手里的注射器，“不就是这玩意儿嘛！”

齐抱朴没有说话，他的意识仍旧模糊，脑子完全跟不上男孩说的话。

“改天我们也去查一下，死也要有个说法。我估摸着我们这一宿舍里住的几十个人都逃不掉。”

男孩脸上露出了毫不在意的神色，那种不在意刺进了齐抱朴的眼睛，刺得他生疼。

“谁没跟他用过一个针头啊。

“他中招了，我们应该也中了。

“查出来真中奖了，我就去搞几十支四号海洛因回来，天天打，死也要做个爽死鬼。”

齐抱朴的眼泪砸到了地上。

他不知道穷奇究竟做了什么。他不知道自己面对的事情是不是真的，也不知道自己是否真的制造了堵塞整条路的连环车祸，又或是染上了毒瘾，甚至染上了艾滋病。他的头脑仍旧混沌，整个人感觉轻飘飘的如同踩在棉花上，似乎下一秒就能飞升上天。齐抱朴抱紧了双臂，努力抑制着从内心深处涌上来的害怕和绝望。

他在怕什么呢？

他自己也不知道。

可他从未这么害怕过。

“穷奇，够了。”

白泽的声音突然从某个地方传来。齐抱朴抬起头，周围的景象尽数消失，白泽蹲坐在他身边。

“这不是让你的小朋友亲身体会一下未知世界的快感嘛！”穷奇不以为意地说道。

“没有第二次。”白泽语气里含着警告。

“喂喂，一个小小的幻术而已。本大爷又没真让他吸毒。”

白泽盯着穷奇，目如寒冰：“你还真想让他碰那些东西不成？”

“白泽，虽然你听不进去，但本大爷也得提醒你，过犹不及。”穷奇双手叉腰，一双桃花眼毫不畏惧地直视白泽的眼睛。

“人类对快乐的追求是没有止境的，享乐才是人生真谛。每个人对快乐的追求不同，有人想要出人头地，有人想要混吃等死。因此，有人十年寒窗，也有人醉生梦死。你不是圣人，今天你救得了这个小鬼，明天也许你救得了他的朋友，后天呢？大后天呢？

“这个世界上每一秒都有人出生，同时每一秒都有人死亡。你是救不过来的。况且，你凭什么高高在上地以自己那一套标准来衡量对错？只有你那一套是对的吗？人生在世，应该做正确的事情，可是又有什么事是绝对正确的？

“人怎么活，全都是自己的选择。”穷奇说。

白泽低下头，给齐抱朴施了一个恢复法术，淡淡地开口："有些事情做得，有些事情做不得。没有人有重新来过的机会，错了就是错了。错误需要避免，需要修正。不能做就是不能做。

"选择本身没有对错，但选择带来的结果却天差地别。一念之差也许会毁灭一个人，也许会拆散一个家庭，也许会倾覆一个社会。人要对自己的选择负责。我教人从善，何错之有？

"穷奇，你从诞生那日起便不顾世俗、不喜伦常，但你必须明白，人类没有你这样漫长的寿命可以折腾。将世道搅得天翻地覆，对你而言不过是无伤大雅的小打小闹，对普通人来说却是一生的苦难。

"他们不是你，错了就是错了，没有重来的机会。

"我不会让你那么做的。"

齐抱朴静静地看着跟穷奇针锋相对的白泽。也许是白泽的法术生了效，齐抱朴的意识逐渐回归，刚才从心里涌上来的恐惧也渐渐消退了。他轻轻抓住白泽的袖子，坐了起来。

"白泽。"

"嗯？"

"谢谢。"

“不必。”

穷奇眯了眯眼，开口道：“你怎么不谢谢本大爷我？”

齐抱朴吸了吸鼻子，“哼”了一声然后开口。

“多谢。”

“啧，真没诚意。”

齐抱朴没有理会穷奇的挖苦，而是转向了白泽，问道：“你说我还不足以直接面对修齐，可是你却带我来了这里。这里是不是能找到关于修齐的线索？”

齐抱朴刚才在混沌间也明白了一件事，如果山海之家没有任何线索，白泽不会带着他来这里。林修齐曾在这里住过，也在这里被人蒙骗染上毒瘾。虽然林修齐已经离开了这里，但白泽还带他来，原因只可能是林修齐在这里留下了类似那张纸条一样的痕迹。白泽没有义务帮他，但自始至终白泽都没有袖手旁观，所以他应该感激。

“是的。”白泽微微一笑，“就在楼下的房间里。”

第三章 杳杳无音信

齐抱朴按照白泽的提示，溜进了二楼的一间小房间里。

这间小房间和早上看到的那间格局相似，但显然收拾过了，只蒙上了一层薄薄的灰尘。

齐抱朴想，白泽没有骗自己，林修齐确实离开了这里，只是不知道白泽带自己来这间房间是想要找些什么。

天空已然黑透，屋子里的状况看不分明。齐抱朴打开了灯，整间屋子的状况在昏黄的灯光下一览无余。

“这里有什么吗？”耳鼠从齐抱朴的肩膀上跳下来，窜去角落里查看。

“垃圾都被清干净了呀，连我都几乎闻不出有毒品的味道。”耳鼠摇着尾巴，用力地在空气里嗅着。

“嗯……还是有一点点的。”说着，它跑到了窗台的杯子上，“杯子没洗干净，之前放过K粉。”

齐抱朴木着脸点了点头。

齐抱朴不知道自己应该做出什么表情。时至今日，他已经接受了林修齐可能吸毒并且成瘾了的假设，但纵使如此，这样细枝末节的证据被摊开来摆在眼前时，他仍旧会觉得胸口憋闷。

林修齐离家出走，被蒙骗染上毒瘾，现在仍旧下落不明。这一连串的事情，无论哪一件，都让齐抱朴觉得呼吸困难。

林修齐究竟经历了什么？

又为什么要离家出走？

如果自己是林修齐，遇到了这样的事情会做些什么？

齐抱朴想得出神，无意识地坐到了床边。他眼睛往床头一撇，看见墙上似乎刻着字，密密麻麻地排列在一起，在昏暗的灯光底下多了几分诡异。齐抱朴凑近了去看，发现那上面刻的东西可能有规律可循。

……

0720 独醉

0721 弦歌 KTV

0722 JOYFUL

0723 独醉

……

齐抱朴看着这一串字陷入沉思。

刻在墙上的字和他熟悉的林修齐的字迹有些不太一样，但这些数字看起来确实像是最近的日期。如果这些数字表示最近的日期，那这些字应该是林修齐刻上去的……

“字真丑。”

齐抱朴被身后突然传来的声音吓了一跳，回头一看，穷奇凑了过来，弯腰看着墙上的字，下巴离他头顶一个拳头的距离。

“吓我一跳，嫌丑别看。”齐抱朴说。

“啧，帮你还不领情。”穷奇说。

齐抱朴翻了个白眼，又转头去研究墙上的字。他掏出手机拍了一张照片，然后将屋子里的墙壁查看了一圈，没有再见到类似的刻字。他回到原处，看着日期后面的字又一次陷入沉思。

“独醉，JOYFUL，KTV……地名吗？”

齐抱朴自言自语着，掏出手机进行搜索。他先输入了“独醉”，因为这个地名在那一串字里有重复，但让他有些意想不到的是，同名的地址出现了好几个。

“独醉酒吧，独醉私房菜馆，独醉美甲店……

怎么什么都能叫独醉啊！”齐抱朴皱着眉抱怨道。

“嘁，还不是因为你们人类喜欢跟风。”穷奇不以为意，那双桃花眼里带着些许不耐烦，“你想清楚去哪里没有？”

齐抱朴的脸都皱成了一团：“美甲店的可能性很低，酒吧也不像是林修齐会去的地方……是私房菜馆？”

“不对。”白泽适时地加入了对话。

齐抱朴有些茫然地抬起头，这才发现自己喃喃自语地把想法都说出了口。

“……为什么不对？去吃饭嘛。”

“你看一下人均消费。”

齐抱朴低头一看，人均消费那一栏明晃晃地写着 300 元每人，的确不是林修齐能负担的正常消费。

“那……总不会是美甲店吧……”齐抱朴想象着林修齐像班里一些女生那样，十个指头涂着不同的颜色，不免浑身起了鸡皮疙瘩。

“啧……当你朋友真惨。”穷奇翻了个白眼。

“他也进不去酒吧啊。”齐抱朴不满地咕哝。

“不守规矩的人，比你想象中的多。”白泽平静地接过话头，神色平静得如同一潭死水。

齐抱朴闭上了嘴。那种憋闷的感觉又一次涌现出来。

白泽看着齐抱朴的表情，微不可闻地叹了口气。

“我不觉得……”齐抱朴瘪着嘴，难得地在思考自己的措辞，“虽然你说了那么多，但我始终不觉得修齐是那样的人。”

“哪种人？会进酒吧的人？小鬼，不是所有会进酒吧的都是坏人。”穷奇的语气带着嘲讽，“有些人抽烟喝酒一身陋习，但他本质不坏；有些人表面上什么陋习都没有，但他不过是道貌岸然。”

“我不是这个意思！”齐抱朴大声反驳。

“那你是什么意思？你朋友一直是乖宝宝，所以他不会做任何不守规矩的事？”穷奇眯了眯眼，刻意咬重了“任何”二字。

“是我觉得这不像他！”齐抱朴的火气被穷奇激了出来。他不知道这份恼怒从何而来，但他在这一刻就是无法控制自己的脾气。

“我从出生起就认识修齐了，”齐抱朴的语气带着烦躁，“十三年时间，对你来说不算什么，但对我来说就是我生命的全部。他是什么样的人，我难道不清楚吗？我应该很清楚不是吗？！”

“但是你们告诉我，我错了，修齐不是我看到的那样。那我之前的十三年又算什么呢？我不觉得人会那么轻易地改变，而且变得这么多，有错吗？！”

穷奇高高地扬起了眉毛，脸上露出了兴味盎然的表情，好像在看一个有趣的表演。

齐抱朴没有理会穷奇的嘲弄，而是转向了白泽，直勾勾地盯着这位上古神兽，仿佛要把他盯出一个洞。

“白泽，”齐抱朴艰难地开口，“我知道你通晓过去未来一切事……可是我仍然觉得，修齐不是这个样子的。”

白泽静静地看着齐抱朴，神色一如既往的平和。齐抱朴面对着那张无悲无喜的脸，第一次生出了恼意。齐抱朴知道白泽是高高在上的神兽，知道自己的烦恼对于白泽来说无关痛痒，可正因如此，他才觉得窝火，并且很难过。

“我不知道修齐身上究竟发生了什么，让他做了那么多不像是他会做的事情。这些事情在我看来匪夷所思，甚至觉得打从一开始他就不会选择去做。但是你告诉我他做了，而且你告诉我他做的事情有多可怕。

“你在幻境里说，我没有办法干预这些已经发生了的事情，可是在第一个幻境里，鲜血确确实实溅到了我身上。你是不是想通过这样的方式警告我，让我害怕，让我不要像修齐那样？可是，我不是修齐，你又凭什么断定我会那样做呢？

“你说我不懂修齐，我不理解修齐，所以我必须尽快理解他的经历、他的处境，这样才能帮到他。可是你又懂我吗？你连我都不懂，你凭什么来确定我懂不懂修齐？！”

“抱朴！”耳鼠挠着齐抱朴的肩膀，“你少说两句！白泽如果生气会很恐怖……”

齐抱朴没有理会耳鼠的提醒，仍旧直视着白泽的眼睛。白泽那双静若深潭的眼睛仍旧平静，齐抱朴方才砸下去的“石头”没有一颗能惹起涟漪。齐抱朴有些气馁，他不知道自己究竟应该如何传达自己的意思。

他必须尽快找到林修齐。林修齐已经一周多没回家，也没有任何消息了。

“说完了？”白泽平静地开口，声音听不出情绪。

“嗯。”齐抱朴有些心虚地瘪了瘪嘴，点点头。

“现在已经很晚了，你该回家了。”白泽没有回答齐抱朴前面一连串的质问，而是四两拨千斤地换了话题。

“你还没回答我的问题！”

“我不回答你，你就不去找他了吗？”

“那当然不会！我还是要找的。”

“如果我执意不告诉你林修齐的位置，你会怎么做？”

“那我就去他列出来的地方一家一家问……”齐抱朴说着，声音逐渐小了下去。他抬起眼，对上了白泽似笑非笑的眼睛。

“你还是不想告诉我！”齐抱朴反应过来，睁大了双眼瞪着白泽。

白泽不置可否，而他这一副不愿多言的样子却恰好印证了齐抱朴的想法。

“哼，不说就不说！”齐抱朴气鼓鼓地走下楼，声音回荡在二楼走廊，“我偏找给你看！”

“哎，抱朴，你等等我！”耳鼠追着齐抱朴的脚步，在他下楼梯之前跳上了他的肩膀。夜色沉沉，他们的影子很快融进了深夜里。

穷奇露出嘲弄的表情，饶有兴味地看了白泽一眼：“激将法？这次终于不当小屁孩的老妈子了？”

白泽无视穷奇的调侃，径自向外走去。一声轻响后，他的身影消失在走廊那头。

晚上，齐抱朴还是先回了家。

夜已经深了，他又不熟路，匆匆忙忙赶去找也不一定能找到人。同时，他也想回去问问林修齐的妈妈，林修齐在上初中之后究竟经历了些什么。尽管心里不忿，但齐抱朴还是不得不承认白泽的大多数建议是正确的。

齐抱朴想，白泽向自己保证过，林修齐目前还是安全的，那么或许还有时间。

盛夏的夜晚仍旧带着暑气。齐抱朴将空调温度开得很低，但凉风也没能吹散他内心的火气。他躺在床上翻来覆去，罕见地失眠了。

“抱朴。”耳鼠趴在他床头，声音闷闷的。

“嗯？”

“睡不着吗？”

“……嗯。”齐抱朴的声音也闷闷的。他说不清自己的烦躁从何而来，更不知道应该如何排解这份烦恼。

“我跟你说啊，抱朴，”耳鼠再开口时的语气带着斟酌，“你今天不应该那样质问白泽的。”

齐抱朴没有搭腔。

“虽然我也不知道白泽为什么在图书馆，又为什么一路跟着我们，但是白泽以前不是这样的。

“天历元年到至顺元年，北边连年大旱。我们耳鼠一族也因此南迁，从北边到南边去。一路上，我们族人被饥民捕食，又遭受瘟疫，几乎全族覆灭。路过流波山的时候，我们族长去向白泽求救，希望他能庇佑我们族中幼子，至少保留我们一族的血脉。

“结果，白泽拒绝了我们。他说天下大事皆由天定，我们一族的未来如何，天道早有安排，他不会介入。那次劫难之后，我们一族剩下的族人只有个位数。”

“怎么这样！”齐抱朴有些惊讶，“可是……可是你们已经向他求救了啊……”

“抱朴，”耳鼠换了个地方趴着，好让空调风吹到自己，“我们已经算是幸运的了，至少白泽没有捏死我们。他熟知我们的弱点，如果惹怒了他，他动动手指就会让我们全族覆灭。”

齐抱朴半晌说不出话。

“那……他这样，你们不会恨他见死不救吗？”齐抱朴低声问。

“不会。”耳鼠平静地说，“白泽没有义务救我们。”

齐抱朴张了张嘴，哑口无言。

“我们与白泽原本没有交集，危难的时候求到他那里也是无奈之举。他帮我们是他大发慈悲，不帮我们也无可非议。因为他并没有义务帮我们。”

“这不是太冷漠了吗……”齐抱朴喃喃道。

“抱朴，”耳鼠的声音变得严肃起来，“没有人有义务对你好，尤其是像白泽这样通晓过去未来一切事的神兽。这个世界上遭受苦难的人那么多，如果每一个都要他出手去相助，那他会累死的。换成你，你是否会同情一只蚂蚁的死亡？

“因此，白泽愿意帮你是你的幸运啊。这是多少人梦寐以求的机遇。你今天不应该对他说那样的话。”

齐抱朴听了有些不服气，反问道：“因为他肯帮我，所以我就一定要感恩戴德？为什么我问修齐在哪里，他总是不肯告诉我？你确定他是在帮我而不是在耍我？”

“如果是穷奇，那一定是在耍你。”耳鼠叹了口气，“如果是白泽，他不会这么做的。他和穷奇不一样。”

“我看不出他们本质上有什么不一样。”齐抱朴嘴硬道。

“我第一天就告诉过你，白泽通晓过去未来一切事，你做的所有事情会导致什么后果，他早就一清二楚。他有什么必要拿你寻开心？他若是想，自然能看到世界上任意一个角落所发生的有趣的事情。

“穷奇喜欢惹是生非，是因为他需要找乐子。但白泽不需要。”耳鼠说。

齐抱朴沉默了，他知道耳鼠说的没错。白泽给他看的幻境虽然骇人，却没有真正地伤到他。那些幻境只是为了让他拥有切身体验，告诉他毒品会造成什么危害，告诉他修齐如果这样下去，可能的未来会怎样。但穷奇的幻境却不一样，那两个场景欺骗性太强，让他一度分不清现实和梦境，几乎真以为自己失去了希望。

“那你呢？你又为什么愿意帮我？”齐抱朴转过头去看耳鼠，黑黢黢的夜里他只能隐约看到耳鼠的轮廓。

“因为那天你把我撞了下来啊。”

“哇，这么记仇！”

“不不不，”耳鼠煞有介事地摇摇头，“我看你那时候的表情像是快哭了，就多了些留意。而且你居然能透过我的伪装看见我，这很少见啊。我觉得这大概是缘分吧。”

耳鼠说着，蹭了蹭齐抱朴的头发：“而且跟着你也不坏啊，还能见见新型毒品。虽然我们耳鼠天生具有分辨毒物的能力，但是直觉跟经验是不一样的。”

齐抱朴听了耳鼠的话，心里觉得有些别扭，但又觉得它说的话有理。

“抱朴，要是明天还能见到白泽，记得跟他道个歉……”

“知道了……你好烦噢。”

夏天的白昼来得特别早，刚过五点，天色便蒙蒙发亮。

齐抱朴心里藏着事，睡得不太安稳。梦里光怪陆离的景象如同万根丝线缠绕着他，让他在梦中也不得安宁。齐抱朴一会儿梦见自己在赛车道上，一会儿梦见自己手里拿着注射器，而下一秒，他就看见林修齐在他面前拿着注射器往身上扎。

“不要！”齐抱朴叫喊出声，眼睛猛地睁开，眼前是自己的卧室。

心脏在胸腔里狂跳，几乎要跳出喉咙口。齐抱朴大口喘着气，汗水顺着发梢滑向脖颈，他忍不住浑身一抖。

齐抱朴坐起身，试图平复着自己的呼吸。他觉得喉咙发痒，干燥得像沙漠，难受得很。

面前递过来一杯水，齐抱朴抬头，白泽不知何时站在了床前。

“谢谢。”

齐抱朴没有客气，端起水杯一饮而尽。水的温度刚刚好。

齐抱朴喝过水，渐渐平静了下来。他盯着手里的杯子，自知理亏，脸色讪讪地抬起头，这才发现白泽早就没了踪影，房间里安静得只剩下他和耳鼠的呼吸声。

他瘪了瘪嘴，对着一室空旷轻声呢喃：“对不起……”

回应他的只有耳鼠翻身的动静。

天色大亮之后，齐抱朴敲开了林修齐家的门。

修齐妈妈的双颊深深地凹陷了下去，短短一周，头发就白了一大半，整个人形销骨立，似乎风一吹就要倒。

“阿姨，修齐还没回家吗？”齐抱朴不抱希望地问。

修齐妈妈摇了摇头。

“您知道他过去这半年里发生了什么吗？”

修齐妈妈仍是摇头。

齐抱朴有些郁闷，不知道该如何将对话进行下去。他又试着问了几个问题，从林修齐的日常习惯到喜欢去的地方。对这些问题，修齐妈妈的回应无一例外是摇头。齐抱朴有些烦躁地挠了挠头，他原以为修齐妈妈能告诉他一些有用的信息，让他明白林修齐这半年究竟遇见了什么才性情大变，但没想到对方一问三不知。

也不知道是真没关注，还是不愿意告诉他。

“那……最后一个问题，修齐离家出走快两周了，您报警了吗？”

修齐妈妈一怔，神情立刻变得更为颓丧。

“还没有吗？！”齐抱朴愣了。

虽然齐抱朴一直在奔走寻找，希望能够通过自己的力量把修齐带回来，可是林修齐失踪近两周，如果已经离开了本市，那他一个人在本市再怎么找都不可能找到。倘若能够借助警方的力量，修齐就能更快地被找到，齐抱朴是这么想的。

可是，修齐妈妈却一副没有报警也不愿意报警的样子，这让齐抱朴实在摸不着头脑。

“为什么不报警呢？如果修齐离开了市里……”

“他不会的！”

齐抱朴的话没说完，便被修齐妈妈打断。

“修齐不会的！他只是跟家里闹矛盾了躲起来而已，或者去了他爸爸那里……”

“您问过了吗？修齐在他爸爸那里？”

修齐妈妈的脸色一下子变得惨白。

齐抱朴有些烦躁。林修齐离家出走，被人诱骗染上毒瘾，现在仍旧下落不明，可修齐妈妈却偏偏不愿意报警找人。

“您究竟为什么不愿意报警？”心情烦闷的齐抱朴开始有些口不择言，“多让修齐在外面待一天，他就多一天危险！您不在乎吗？”

“我怎么会不在乎！”

“那是为什么？”

“报警了不就人尽皆知了吗？你让修齐以后怎么办？”修齐妈妈忍不住哭喊道。

齐抱朴当场愣住了。

“修齐一直是乖孩子，忽然离家出走这么久，一点消息都没有，我当然着急！可是如果报警，那所有人就都知道了。修齐回来了也会怪我的，他只会怪我！”

修齐妈妈满脸泪痕地抬起头，神情悲怆中带着一些狰狞。

“他一直都很在意……比我想象的还要在意……但是我能怎么办呢，我除了让他努力做好之外，什么都做不了啊！是我错了吗？是我错了吗……”

齐抱朴怔在原地。

他的脑子有些跟不上修齐妈妈说的话。对方说得颠三倒四，他很难理解修齐妈妈嘴里说的“在意”究竟是什么。只是，修齐妈妈那近乎绝望的表情生硬地剜开了他的眸子，直直地闯进他的脑海。

齐抱朴不知道自己是如何离开修齐家的。

他神情有些恍惚，慢悠悠地走在小区的步行道上。耳鼠趴在齐抱朴的肩膀上，看他情绪不对，也识趣地保持安静。

“哎，抱朴，出门去呀。”

齐抱朴抬起头，眼前是住楼上的伯母。齐抱朴打了声招呼，没有否认对方的说法。

“怎么没见林家那小子跟你在一起？有段时间没见他了。”伯母继续说道。

齐抱朴有些尴尬，不知道该怎么回答。然而对方似乎也没想得到他的回答。

“吵架啦？也不奇怪，他那性格越来越奇怪了，走在路上连招呼都不打一声的。”

“没，没有吵架。”齐抱朴开口道。

“没有啊？那你要讲讲他哦，少年郎嘛，哪能那么阴沉的，看起来就不阳光。光是学习好就行啦？人都不会做的呀。上次问他怎么学好数学，都不肯说得清楚一点。”

齐抱朴胡乱地答应着。

“唉，他也是可怜，摊上那么一个爸爸，真是受罪喔。还有他妈妈，平时也不跟邻居来往的，这怎么教得好小孩子哦……”伯母絮絮叨叨地说着，大有不说完不放齐抱朴走的架势。齐抱朴听得一个头两个大，一边赔笑一边鞋底抹油开溜。

“我好像有点明白了……”

好不容易甩开了邻居伯母，齐抱朴走到了树荫底下，神色复杂。

“明白什么？”耳鼠歪了歪头。

“修齐他……大概一直面临着这样的压力。”

来自周围人的同情，看似好意的提醒和关心，实际上都是在不断地揭开林修齐心里的疮疤。可偏偏人家打着关心的名义，又是低头不见抬头见的邻居，你奈何不了他们。齐抱朴之前知道林修齐反感，可从来没有像今天这样，有这么直观的感受。

一举一动都被人注视，一丁点儿小事都会被无限放大，真是太难受了。

而且，看修齐妈妈的反应，她似乎比林修齐更害怕邻居们的闲话。

“是的。”白泽的声音适时响起，印证了齐抱朴的猜测。

齐抱朴抬起头并转过身，白泽不知何时站在了他身后的树旁。随后白泽缓缓地叙述着，齐抱朴慢慢拼凑出林修齐过去这一年的遭遇。

林修齐上初中之后，因为性格相对内向，所以没有太多朋友，加上平时只跟齐抱朴来往，在班上的人缘更是一般。但他成绩好，从入学考到第一次段考都是全班第一，招人羡慕得很。班里有个“二世祖”期末时想抄他的试卷，被林修齐婉言谢绝。

但对方没有善罢甘休，一直纠缠他。林修齐被缠得不耐烦了便告诉老师这件事。老师警告了那个“二世祖”。对方恼羞成怒便开始欺凌且带头孤立林修齐。就这样，林修齐变得越来越沉默。

他班上有人也住在这个小区，回到家里偶然提起了林修齐的事情，又说得不清不楚。邻居间闲聊，以讹传讹，最后传成了林修齐性格孤僻、不合群，在班上也不受欢迎，只有成绩好，其他样样都不行。

林修齐有心辩解，却堵不住悠悠众口。他不希望齐抱朴受到牵连，于是主动疏远齐抱朴。生活上的烦恼最终影响了他的学业，成绩直线下滑。修齐妈妈不知道发生了什么，只知道林修齐成绩下滑，又听闻他不爱与人来往，但母子间也没有好好地交流过。她只是时常念叨修齐，叫他好好学习，多与人交往，无形间就和儿子疏远了。

冰冻三尺，非一日之寒。林修齐离家出走，归根结底是日积月累的打击和失望的结果。

明白了这些，齐抱朴久久说不出话。

齐抱朴发现，他以为自己是林修齐的好朋友，可林修齐身上发生的这些事他竟全然不知，甚至毫无觉察，还在被疏远的时候暗自跟林修齐怄了那么长一段时间的气。

他指责白泽不懂林修齐，可他自己却也说不上懂。

从始至终，他都太过自以为是。

齐抱朴转向白泽，神色满是愧疚。

“白泽，对不起。”齐抱朴低着头，没敢看白泽的表情，“是我错了，我昨天不应该那么说你。”

白泽没说话，齐抱朴自嘲般一笑：“我说你不懂修齐，但其实我才是不懂他的那个人。修齐身上发生的这些事情我都不知道，也没有觉察到，甚至还因此责怪过他，然后疏远了他。

“但是我现在知道了，我没有办法坐视不理。我想尽快带他回来。

“白泽，你还愿意……愿意帮我吗？”

齐抱朴抬起眼，恰好撞进了那双温和如水的双眸里。

“我说过，我会帮你，不会食言。”白泽淡淡地说道。

所有的语言在这样一个承诺面前都骤然失色，齐抱朴的嘴唇动了动，最终说了句：

“谢谢！”

他们来到了独醉酒吧。

因为还是白天，酒吧的大门紧闭着。齐抱朴看着紧闭的大门，不自觉地发愣。

“白天……不营业？”

“扑哧。”

身后传来一声轻笑，齐抱朴回过头，穷奇不知道什么时候又站在了他们身后。

“你有没有常识啊？大早上的，哪个酒吧会营业？”穷奇的语气带了几分嘲弄，齐抱朴听了不免皱眉。

“我又没去过酒吧。”齐抱朴咕哝着。

“这是常识。”穷奇挑眉。

“……我觉得我不需要这样的常识。”齐抱朴回敬道。

“咳。”白泽轻咳一声打断了两人间无意义的斗嘴，一人两兽不约而同地转向了白泽。

“不一定要酒吧开门，你有很多种方式可以核实林修齐最近是否来过这里。”白泽提醒道。

齐抱朴愣了一下。酒吧不开门就不能询问吧台服务生，而路人遇见并且记住林修齐的可能性又非常小。齐抱朴原本来酒吧找人就抱着碰运气的心思，但真正来了一时间又有点不知所措。

或者，林修齐还进过这附近别的店。

这样想着，齐抱朴的目光落到了白泽身后的便利店。便利店是24小时开着的，并且门口有摄像头，也许有拍到林修齐的记录。

可是，他要这样的记录没有丝毫意义。他并不认为一个能证明林修齐在这个街口出现过的视频记录能帮他找到林修齐。不过如果能证明林修齐在这里出现过，并且能和墙上的日期对上，至少能弄清楚他过去一周的行动轨迹。想到这里，齐抱朴向便利店走了过去。

“长成这样的小哥？不是特别有印象了。”便利店的店员看了看齐抱朴手里的照片，抬头仔细回想着。

“我们这里晚上有段时间会特别忙，客人一多起来谁也记不住。况且是上周的事情，就更加不记得了。”店员继续说道。

“那……我能看看你们店里的监控录像吗？”

“看监控？开什么玩笑，这个是能随便看的吗？”

“拜托，让我看一下20号晚上的就行。”

齐抱朴走过 KTV 长长的走廊，对耳鼠说自己有一种能够遇见林修齐的直觉。

“不行不行，这真不符合规定。”店员的态度很坚决。

“一段就好！我想知道他是不是来过这里！他已经快两周没回家了，我很担心他。”齐抱朴发挥了自己的耍赖能力，开始对店员死缠烂打。

“一段？你能确定他在这里出现的时间吗？谁知道你这一段是 1 分钟还是 8 小时啊。”店员逐渐变得不耐烦，“别闹了好不好，你朋友离家出走，你报警啊，你来我们这儿凑什么热闹。”

这时刚好有客人来结账，店员于是没再理会齐抱朴，转而帮他身后的客人结账。齐抱朴没辙了，只好悻悻离开。

他跑了附近几家店，无论有无监控，对方给他的回答都是“没印象”“不清楚”之类的。齐抱朴有些沮丧，他只能先不管独醉酒吧，转而调查清单上的其他地方。意料之外又在意料之中的是，清单上其他几个地方无一例外都是娱乐场所——酒吧、舞厅和夜总会之类的，白天几乎不开门。

“奇怪……修齐跑去这些地方干吗？打零工？这些地方消费都挺高的吧？”

齐抱朴靠着墙壁蹲了下来，在酷暑中奔波让他整个人筋疲力尽。

“他为什么不在同一家店打工啊？”耳鼠疑惑道。

“啧，小鬼没有常识，小鬼的小宠物也没有常识。”穷奇嗤笑道，“谁说他不是在一家店打工的？”

齐抱朴愣了愣，耳鼠却马上反应了过来。

“对哦！”

看见耳鼠露出恍然大悟的样子，齐抱朴又仔细思考了一会儿。

“你是说……他在送外卖？”齐抱朴问道。

“噗。”穷奇很不给面子地笑出了声。

齐抱朴按捺住自己想揍穷奇一顿的冲动，努力做出一副好声好气的样子，问道：“那是什么？总归是跑腿一类的工作吧？”

“送外卖的话，一天不可能只送一个地方。”白泽淡淡地指出了齐抱朴假设里的漏洞，“娱乐场所本身会提供食物，很少有人在那里点外卖。”

“那是……供货商？酒水饮料之类的？”

白泽不置可否，耳鼠却在一旁不住地点头。

“是真是假，你去问问不就知道了。”穷奇双手交叉在胸前，他朝身后 KTV 的方向抬头示意。太阳开始下落，KTV 也已经开始营业。

“那走吧。”齐抱朴毫不犹豫地站起身，朝着 KTV 走去。

“几位好，欢迎光临！小厢 29 元一小时，中厢 45 元一小时，大厢 70 元一小时。我们现在还有优惠活动，买三小时送一小时，三个人推荐中厢噢。”刚进门，前台小哥就用十分热情的语气招呼着齐抱朴。不习惯这种招呼方式的齐抱朴起了一身鸡皮疙瘩。

“呃……那个，你有没有见过这个人？跟我差不多高，长这个样子。”

齐抱朴把手机里的照片拿给前台小哥看，前台小哥看了看，眼中闪过一丝异色。齐抱朴没有错过他那一瞬间的异样。

“好像没有呢，也可能有，我记不清了。我们这里通宵营业哦，晚上人会特别多。你们要不要买份套餐啊？”前台小哥岔开了话题。

齐抱朴刚想说些什么，穷奇却抢先一步答应了下来。

“一个大厢，就要你说的套餐。”

“喂……你是来玩的？”进了包厢，齐抱朴有些无语，“我们耗不起那么多时间啊……”

穷奇却自顾自地走向了点歌机，兴致勃勃地翻阅着歌单。

“你现在出去也做不了什么，这里刚开始营业，客人都没来。不如先玩玩，等到晚上人多时再出去找送酒水的服务生问问。反正本大爷请客，不花你钱。”

齐抱朴撇撇嘴，求助般地看向白泽。

“你自己决定就好。”白泽轻抿嘴唇，给了一句聊胜于无的建议。

齐抱朴看向白泽的眼神带了几分疑惑。白泽不会敷衍他，但现在显然不是浪费时间的时候，齐抱朴没有心情在这里玩。穷奇说的有些道理，但怎么听可行性都不算特别高。

问送酒水的服务生怎么保证得到的答案和之前的不一样呢？

他要在这里等那么长时间然后无功而返吗？

除非……白泽还在为昨天的事情生他的气？

“你还在生我的气吗？”齐抱朴想了一会儿，再开口时语气带着几分小心。

“我从未生气。”白泽回答。

齐抱朴抿了抿唇，还是留下来了。

平心而论，齐抱朴并不喜欢 KTV 的环境。包厢虽然开了空调，但总带着一股奇怪的气味。齐抱朴说不出那股气味是什么，也许是烟酒混合的味道，总之闻起来不舒服。比起待在 KTV 里唱几个小时的歌，他更愿意和朋友们在户外踢一场 90 分钟的球，然后转头去街角冷饮店买一瓶冰可乐。

而且，眼下齐抱朴也没心情唱歌，因为林修齐仍然行踪不明。

齐抱朴尽管知道林修齐可能在打工送酒养活自己，还是不确定在这个地方待着能不能等到林修齐。假如今天没有等到，他明天是继续在这里蹲守还是换下一个地方，抑或选择报警？可是修齐妈妈的顾虑又该怎么办？……

想着想着，齐抱朴便忽略了时间。穷奇一首歌接一首歌地唱着，齐抱朴也没注意他唱得怎么样。等齐抱朴回过神来的时候，穷奇已经自己拿着话筒唱了三四个小时。

“我出去转转。”看着时间差不多了，齐抱朴便起身向外走去。耳鼠跳到了他的肩膀上跟着他一起离开了包厢。

“抱朴，为什么你之前没有直接走呢？”耳鼠略带抱怨地说，“我的耳朵都快受不了了。”

耳鼠的耳朵不说比一般人，比大多妖兽都要更敏感，它能听见千里之外的响动。因此，长时间处在嘈杂的环境中，对它的伤害很大。

“抱歉……我刚才没注意听穷奇唱了什么。”齐抱朴安抚般摸了摸耳鼠的耳朵，“你要不要找点东西塞着？”

耳鼠摇摇头：“我可以屏蔽一部分声音，普通的噪声伤不到我。但穷奇的妖力太强，我屏蔽不了他的声音。”

齐抱朴点点头以示回应。

“刚才没有跟你说，我留下来是因为白泽的态度。如果这里真的没有任何线索和可能，他应该早就劝我们走了。”齐抱朴继续说。

“你觉得，你很有可能在这里发现什么有用的线索？”耳鼠问。

“对。”

“有关林修齐目前的行踪？”

“不仅仅是这样。”齐抱朴的声音带了一丝犹豫，似乎在考虑是不是应该直接说出口，“我觉得，我很有可能在这里能见到修齐。”

“哦？这怎么说？”耳鼠疑惑地问。

“直觉。”齐抱朴脱口而出。

耳鼠点点头，说道：“我辨认大部分毒物也是靠直觉。”

齐抱朴走到了KTV里最开阔的地方。不远处搭了一个舞台，有人正在台上比赛唱歌。这里似乎在搞活动，得票最多的演唱者能拿到限定奖品。齐抱朴对唱歌比赛没兴致，埋头在人群中找林修齐。

晚上八点多，KTV里已经人头攒动。陆离的灯光交错着映在前来寻找乐子的人脸上，晃得齐抱朴有些眼花。齐抱朴像游鱼一般在人群中穿梭，逐一辨认着这些人的脸。

台上的人唱到了一首歌的高潮部分，台下的人纷纷随着音乐摇摆。人潮忽然向舞台方向涌了过去，撞得齐抱朴一个踉跄就要往地上摔去。

但他没有摔到地上，而是摔到了前面一个穿着花色衬衫的年轻人身上。

“对不起。”齐抱朴站稳脚跟，忙跟那个年轻人道歉。

那是一个剪着利落短发的女生，耳朵上戴着

七八个耳钉，画着浓浓的烟熏妆，身上还喷了很浓的香水。齐抱朴分不清香水的味道，他对这些完全没有研究。

短发女生挑眉看了他一眼，然后眼睛一转，从不远处的服务员那里拿了两杯酒。

“我们赔罪都是一口闷的。”她笑了笑，眼里却带着挑衅。

齐抱朴有些为难，他还没想好是不是要喝。

身边耳鼠的声音马上打断了他：“不要喝！这是‘神仙水’！”

“‘神仙水’？”齐抱朴疑惑。

短发女生却露出了有些意外的表情，随即又挂上笑容：“啊哈，还是个懂行的！那更要一口闷了啊，小哥哥。”

那名女生看不到耳鼠，以为齐抱朴刚才的疑问是在问她。齐抱朴心里明白了过来，想找办法不动声色地拒绝。

“抱朴？你怎么在这里？”

这时，齐抱朴听到身后有一个熟悉的声音传来，接着有人抓住了他的手腕把他往后拽。那个声音太熟悉，以至于齐抱朴哪怕在这样嘈杂的环境下都不会认错。齐抱朴惊喜地转过头，身后正是他两周多没见过的林修齐。

“你看你找个厕所都不认得路，走啦走啦，他们都在问你是不是掉坑里了呢。”林修齐朝齐抱朴使了个眼色。

“哎呀，这不是人有点多嘛。”明白林修齐的用意后，齐抱朴顺着他的话往下说。齐抱朴还不忘回过头跟短发女生挥手示意，把戏做足：“不好意思啊，我朋友找来了，我先走了。刚才真的抱歉。”

两人挤出了人群，齐抱朴便反手抓住林修齐的手想将他带往自己的包厢。

“哎，抱朴，你干吗？”林修齐小声说。

齐抱朴脸色阴沉，语气也跟着犯冲：“我还想问你干吗呢！你可真厉害啊，离家出走？”

林修齐没有答话。

“你赶紧跟我回去，阿姨都快急疯了。”

“我不回去。”

齐抱朴听到这话皱紧了眉头。他回过头去看，林修齐低着头不敢看他。

“我现在不能回去……抱朴，你别管我了。”林修齐还是低着头。

“我怎么能不管你！”齐抱朴气急，“你知道我找你找了多久吗？上周我去你家找你，才知道你离家出走了，然后这一周我都在找你！我几乎把这座城市跑遍了！你为什么不肯跟我回去？！”

“你自己来找我？”林修齐惊讶地抬起头。这时齐抱朴才发觉，林修齐原本饱满的脸颊深深凹陷了下去，整个人看上去瘦了不少，平日如同黑曜石一般的眼睛也暗淡了些许，如同明珠蒙尘，失去了原来的光泽。

“不然呢，你妈不让我告诉别人。”齐抱朴没好气地说。

“没告诉别人就好……”林修齐露出了庆幸的神情。

“走吧，回家吧。”齐抱朴继续劝道。

林修齐的脸上出现了痛苦的神色，他眼中的挣扎被齐抱朴看在眼里。

“抱朴……我回不去了。”林修齐低声说。

“怎么就回不去了！因为你吸毒了？”齐抱朴看四周无人，小声问道。

林修齐震惊地看着齐抱朴。

“我都知道了……”齐抱朴不知道该如何开口，

只好捡了最不要紧的说，“我去了山海之家，找到了你住过的房间。”

林修齐嘴唇动了动，整个人忽然像断了线的木偶，颓丧地蹲到了地上，开口道：“你知道了啊……”

“我们先回去，再想解决办法好吗？你刚才拉我走也是因为那杯东西是‘神仙水’，你知道它是毒品，不想我受害，对不对？我们先回去，然后再考虑戒毒的事情，好不好？”齐抱朴弯下腰来看着林修齐，声音里带着恳求，“修齐，我们不回去就没有办法解决这一切。”

但林修齐仍旧摇头。看到他的反应，齐抱朴的心仿佛一点点地沉入了水底。

“抱朴……我不能走，外面有人监视我。我甚至不能在这里待太久。”林修齐说。

事情似乎比想象中更严重，齐抱朴突然有些不知所措。

“你这是……什么意思？你不是打工送酒吗？”齐抱朴不解地问道。

林修齐苦笑着打开了身后的背包，露出了里面的小纸包，然后说：“我送的可不是酒……虽然我很惊讶你居然猜到了那么多有关我的事情。”

齐抱朴看着那些纸包，一时间没反应过来。

“我还有货要送到另一个地方。如果我跟你走了，在外面蹲守的人就会直接报警，到时候我和你都要完蛋。运输毒品是会被抓的。

“抱朴，你明白吗？我已经回不去了。”林修齐看着齐抱朴的眼睛说。

第四章

跨越山和海

齐抱朴听完林修齐的话，整个人如同被施了定身咒。

耳鼠偏不给齐抱朴反应的时间，径自跳进林修齐的包里，钻了一圈探出头，对齐抱朴道："纸包里有摇头丸和K粉，他没骗你。"

齐抱朴从未像现在这样觉得耳鼠如此多嘴。

齐抱朴想说些什么，却又什么都说不出口。齐抱朴想狠狠地骂林修齐一顿，甚至想揍他，但是那又有什么用呢？就算齐抱朴骂了他、揍了他，林修齐也不会跟自己回去。

从一开始，齐抱朴就只是想带林修齐回家而已。

为什么事情会变成这个样子？

"你现在……住哪里？"齐抱朴有些艰难地开口。

"别问了，抱朴，你不知道会比较好。"林修齐摇了摇头，拒绝回答齐抱朴的问题。

"你难道不想回来了吗？我会想办法带你出来的！"齐抱朴急了，声音也不自觉地大了起来。这时有人从他们附近经过，有好事者往他们这里瞥了一眼。林修齐对旁人的目光特别敏感，见到有人在看便想甩开齐抱朴离开。

齐抱朴当然不愿意放他走，于是拉住林修齐，拽着他继续向自己的包厢走去。林修齐挣扎着想甩开齐抱朴的手，奈何力气不够对方大，怎么甩都甩不开。

“你放手！”林修齐喊道。

齐抱朴不放，只是加快了脚步。

“我叫你放手！”林修齐使出全身的力气用力一甩，终于将齐抱朴甩开了。

“你能想什么办法呢？对方的手段你根本想不到。”林修齐揉着手腕，有几根长了的头发随着他的动作耷拉到眼前，但他没有在意。

“抱朴，你不要管我了。这不是你能管的事情。”林修齐的表情冷了下来，眼睛看向地面，“我不能跟你说太多，如果有人问起，你就说不认识我。”

齐抱朴被林修齐的话堵得哑口无言。

“不要再找我了。”说完，林修齐便甩开齐抱朴，轻车熟路地在 KTV 里拐了几道弯，消失在人群中。

“他以为他在干吗，演漫画男主角吗？！”齐抱朴沉着一张脸回到包厢，忍不住暴躁地说，“开什么玩笑啊！他清楚他在干什么吗？为什么不能跟我走！他疯了吗？还留在那里！”

穷奇看着生气的齐抱朴，很难得没有继续火上浇油嘲讽他。白泽坐在角落里，平静地看着齐抱朴向自己走来。

“白泽。”齐抱朴走到了白泽面前，脸色仍旧不好，“你之前没有直接让我走，就是因为这个吧？”

白泽似乎并不惊讶齐抱朴会这么问。

“你知道修齐今晚会来这里，让我见到修齐，让我亲眼看见他包里装着毒品。不是由你来告诉我他做了什么，而是让我亲眼看到他做了什么。这样我即使再不愿意接受，也不得不承认这个事实——修齐不仅吸毒，还参与贩毒了。这就是你的目的，是不是？”齐抱朴一口气说了出来。

穷奇在旁边轻佻地吹了声口哨。

“这么刺激！”穷奇完全不顾齐抱朴变得更黑的脸色，自顾自地兴奋了起来，“那么你打算怎么办？和他绝交，从今往后跟犯罪分子一刀两断？”

“怎么可能！”齐抱朴立刻反驳道。

“那你打算怎么办？深入虎穴成为卧底，然后做一个英雄，拯救他于水深火热之中？哦，对，本大爷都忘了，这不就是你们最喜欢的戏码吗？”

“穷奇！”齐抱朴有些忍无可忍，“我没问你话！”

“本大爷想说话就说话，你管得着吗？”穷奇毫不客气地说。

齐抱朴拼命忍住暴揍穷奇一顿的冲动，强迫着自己看向白泽：“白泽，现在你能告诉我修齐在哪里吗？”

白泽微微叹了叹气，在齐抱朴期待的眼神下点了点头：“他被带到姑射岛上，被贩毒团伙控制了。”

本市临海，姑射岛是一座与本市毗邻的火山岛。这座岛面积不大，却多火山熔岩景观。齐抱朴小时候去过一次。后来有传言说火山会再次喷发，渐渐地便少有人登岛，所以齐抱朴对这座岛的印象已经有些模糊了。

“姑射岛？”齐抱朴问。

“是的。那里有一个制毒工厂。”

白泽的话给齐抱朴造成了突如其来的冲击。齐抱朴太过震惊，以至于感到一阵天旋地转，几乎有些站不稳。

“制毒工厂？！修齐参与制毒了？！”齐抱朴定了定神，然后问道。

“没有。”白泽回答。

白泽的话让齐抱朴稍稍放心。齐抱朴迅速调整了自己的情绪，坐到白泽身边，集中精神听白泽接下来的话。

“在最开始的时候，他并不知道赵雷交给他的是毒品。东西都用纸包着，赵雷还交代了不能打开。”

“赵雷？”齐抱朴听这个名字觉得有些耳熟，“山海之家那个瘦瘦小小的男人？”

“对，是他。”

“修齐怎么发现的？”

“林修齐送了几次之后，有一个买家当着他的面验货，他就知道了。但他没有隐瞒自己知道真相的事实，赵雷便强迫他去了姑射岛。赵雷告诉林修齐，参与贩毒就是犯罪，如果他想跑，就杀了他，并且还拿妈妈来威胁他。”

“赵雷那么小的个子，修齐应该能对付啊，修齐比他高一个头呢。”齐抱朴有些疑惑，“他为什么就答应了呢……”

“对方有枪。”白泽说。

齐抱朴不说话了。

“持枪不是违法的吗……”齐抱朴好一会儿才反应过来。

“吸毒也违法，贩毒也违法，制毒更违法，但一样有人在做。”穷奇在旁边接话，停顿了一会儿，又笑出了声，“小鬼，你不会以为违法就没人做了吧？”

“不是，只是我没想到这些事离我这么近……”齐抱朴说。

“法律只规定了通常情况下人们不能做的行为，违法了就要受到惩罚，但法律并不能杜绝这些行为的发生。”穷奇甩了甩头，“而且并不是所有的人都会受到惩罚，所以才会有人期待天道替他们实施正义。有句话怎么说来着？”

“人恶人怕天不怕，人善人欺天不欺。”耳鼠小声地补充。

“啊，对！但是，天道会不会管呢？有些人生前追不回公道，死后沉冤得雪，这是不是老天爷开眼了呢？可是命都没了，还不如趁活着的时候报个仇。遗臭万年和流芳千古还不都是一抔土，谁在乎这些！”穷奇说。

“穷奇！慎言！”白泽罕见地呵斥道。

“能留名青史为什么要遗臭万年啊……”齐抱朴吐槽道。

“图个爽啊。”穷奇接道。

“我觉得把坏人搞臭了更爽。”齐抱朴一本正经地说道，“不只是我，最好所有人都一起骂他，骂到他的子孙后代提起他，都不愿意承认这是他们的祖宗。”

“啧，居然不上套。”穷奇翻了个白眼，然后狡黠一笑，“白泽，你把小鬼带得不错啊。”

“是他聪明，没被你带进沟里。”白泽眯了眯眼，“引诱人争斗？穷奇，这么多年你一点都没变，果真本性难移。”

“不得了啦！白泽这个老家伙也会夸人啦！”穷奇上一秒还故作夸张地上蹿下跳，下一秒就又恢复了玩世不恭的样子，“我活那么长，总得给自己找点乐子。”

齐抱朴面露嫌弃，但少见地没有冲穷奇发脾气：“你找乐子别找我头上啊，什么恶趣味。”

穷奇不作声。

懒得继续跟穷奇扯皮，齐抱朴转向了白泽，认真地问道："白泽，我们现在应该怎么做才能把修齐救出来？"

"报警。"

"可是修齐妈妈……"

"你没搞懂他的意思，"穷奇突然插话，"他是叫你报警举报林修齐涉毒，警察就可以名正言顺地把他带出来了。没叫你报失踪。"

齐抱朴狠狠地瞪了穷奇一眼，火气慢慢地窜上心头："你是叫我亲手把修齐送进警局？"

"石碏（《左传·隐公四年》中所记卫国大夫石碏）大义灭亲听过吗？亲手将好友送进监狱，这不是很刺激吗？"穷奇道。

"一点也不刺激！"齐抱朴没好气地回道，"没听过！想都不要想！"

"哟呵，小文盲。"穷奇不痛不痒地刺了一句。

齐抱朴深吸一口气，让自己冷静下来，不去理会穷奇的冷嘲热讽。

"我先去报警，哪怕修齐妈妈不同意，我也要报失踪，不能再拖了。"齐抱朴坚定地说。

"啧，说你没常识，你还真没常识。"穷奇边说边转起了手上的麦克风。金属材质的麦克风在他手上翻出了一个又一个花样。

穷奇漫不经心的态度让齐抱朴有些窝火，气冲冲地反问：“我怎么没常识了？”

“抱朴……”耳鼠有些犹豫地开口，“我原来听说过，未成年人失踪，警察询问时需要失踪者的监护人到场。”

齐抱朴瞬间愣住：“真……真的？”

耳鼠点点头，说：“我以前待过的一个村子，家里小孩失踪了，老人又中风了，两个监护人外出打工不在家。邻居报了警，但是没有办法提供有效信息，最后警方没立案。”

齐抱朴听了心凉一片。

“你的意思是，我必须告诉警方修齐被胁迫参与吸毒、贩毒，他才有可能得救？”

耳鼠不敢接话，白泽平静地点点头。

“只有这样，你才有可能让警方立案，并且出警把林修齐带出来。”

“那我不是害了他吗？！”齐抱朴激动道。

齐抱朴的心咚咚跳着，长时间积累的怒火从心头窜上喉咙，燃烧着他所剩不多的理智。他又惊又怒地看着白泽，心里期待着对方能给他另一种回答。

他不想，也不能就这样将林修齐送进监狱，因为这或许会葬送他的一生。

但白泽开口便轻易打碎了他的幻想：“我很遗憾，但这是你唯一的选择。”

白泽的话像千根针一般，密密麻麻地刺进了齐抱朴的心里，扎得他生疼。

齐抱朴知道，当白泽用这样的语气确定地说出“唯一”的时候，就证明这真的是唯一的办法。可是，这对他、对林修齐来说，都是太残酷的考验。

林修齐比他大半岁，上个月刚满十四岁。上法制课的警察叔叔说，十四周岁就开始要承担刑事责任了。齐抱朴虽然不知道林修齐会面临怎样的刑罚，但无论结果如何，对他们这个年龄的人来说，都会十分沉重。

学校处罚会被记在档案里，可能影响升学。那刑事处罚呢？也一定会进档案。这样一来，修齐的一生都会背着这个记录。

会影响他中考吗？之后的高考呢？录取专业的时候会受影响吗？齐抱朴没有答案，这已经超出了他的认知范围。如果所有假设的回答都是肯定的，修齐的人生又会受到怎样的影响？

他忽然不敢再想下去了。

这时齐抱朴才真正明白过来——从林修齐离家出走的那天起，他就已经陷入了沼泽。齐抱朴无论做出怎样的努力，都不可能再找回那个未曾踏入深渊一步的林修齐。

有些事情，做错了就是做错了，没有遮掩和挽回的余地。

但是这也不代表他能眼睁睁地看着林修齐深陷其中，甚至将他往深渊深处再推一把。他做不到。

"我要先试试。"齐抱朴神色晦暗地看向白泽，"我不能……不能这样。我做不到。谁都可以说他涉案……我不可以。"

齐抱朴的话说得颠三倒四，但在场的几个妖兽都是活了上千年甚至上万年的精怪，轻易便听明白了他的意思。

哪怕道理说得那样明白，齐抱朴也做不到亲自报案举报林修齐涉毒。

"嘁，妇人之仁。"穷奇不屑地嗤笑。

出乎齐抱朴的意料，白泽竟然没有流露出一丝一毫的反对。他一如既往神色淡淡地颔首，表示一切随齐抱朴的意思。

齐抱朴有些想不通白泽的态度，但他索性将自己的疑问抛在脑后，径自拨打了报警电话。

齐抱朴想赌一赌，赌一赌那微小的可能性，他还是想以失踪的名义把林修齐带回来。如果警方能够立案，那么林修齐的未来就可以不受影响。他仍旧可以继续做他的“好学生”，做那个“别人家的孩子”。齐抱朴不需要“大义灭亲”，更不需要亲手将林修齐推入更深的深渊。

如果可以，如果可以——

“你不是直系亲属也不是监护人？你找他家长来报警啊！”

“可我是他邻居啊！他的信息我都知道！”

“他的身份证号码、户口信息，你说得出来吗？同学，我知道你心急，但我们有规定的。他父母在家吗？叫他们赶紧来啊！”

齐抱朴有些烦躁地挂了电话，嘴里抱怨着：“如果修齐妈妈愿意报警，我哪里需要打电话给你们啊！”

耳鼠蹭了蹭齐抱朴的脸想安抚他，但显然齐抱朴没领情。

“别闹。”他摸了摸耳鼠的头，“我得想想办法。”

"小鬼，你想不想去姑射岛？"

齐抱朴还没想出个所以然，穷奇的声音突然插了进来。在焦头烂额的齐抱朴看来，这个平日里最讨厌的声音在这一刻宛如天籁。

"直接去姑射岛救人？"齐抱朴有些惊讶，他从来没想过穷奇有朝一日开口不是在怼人。

"不然呢？"穷奇还是一副无所谓的样子。

"可是，"齐抱朴面露犹豫，"我对那里不熟，他们有枪，我们应该怎么做呢？"

"你直接说想不想去，想去自有办法，不想去就报警，别婆婆妈妈的。"穷奇不耐烦地说。

"当然想！"齐抱朴快速回答。

穷奇眨眼一笑，眼里带着齐抱朴初见他时不可一世的狂气。

穷奇大手一挥，说道："那本大爷就带你去！"

话毕，穷奇带着齐抱朴直接飞上了天空。云雾从他们身边飘过，潮湿的水汽包裹着齐抱朴的皮肤，冲散了夏日的炎热。齐抱朴侧过头看向穷奇，那双桃花眼仍带着几分玩世不恭的味道，好像他带齐抱朴来姑射岛只是一时兴起，而不是出于好心的帮忙一样。

齐抱朴有些摸不清楚穷奇的想法。

齐抱朴觉得穷奇很烦。这一路寻找修齐，穷奇没少讲风凉话给齐抱朴添堵。耳鼠一开始就说过，穷奇是非不辨、善恶不分，却身怀极大威力，十分不好相处。在很长一段时间内，齐抱朴也确实是这么认为的。

但就是这样不好相处、不辨善恶的上古妖兽，竟然愿意屈尊帮他？

天底下没有免费的午餐。齐抱朴也不认为穷奇会像白泽一样无条件地宽容他、帮助他。那为什么穷奇会主动带他来姑射岛呢？

但话又说回来，齐抱朴也并不知道白泽愿意无条件帮助自己的原因。

层云顺着风飘进了他的眼睛，冰凉的水雾模糊了双眼，打断了齐抱朴的思绪。

“小鬼，愁眉苦脸地想什么呢？”穷奇开口问。

齐抱朴揉了揉自己的脸，咕哝道：“有吗？”

“你该照照镜子，年纪轻轻的，一张脸皱得跟苦瓜似的，当心老得快啊。”

“要你管啦！”

穷奇挑了挑眉：“哦？那本大爷现在就把你丢

下去。”

他们身下是汪洋大海，偶尔能看见几艘渔船拖着长长的尾巴。一群群海鸥从他们身边飞过，在天空中留下白色的残影。海岸线早已远远抛在身后，齐抱朴看不出这一片墨蓝色的海域有多深。

如果真的被丢下去，他很难活下来。白泽和耳鼠不知道去哪里了，除了现在拉着他的穷奇，他没有别的依靠。

“我……我错了。”人在屋檐下，不得不低头，嘴硬如齐抱朴也得乖乖服软。

穷奇轻哼一声，微微扬起的嘴角却泄露了他的情绪。

齐抱朴看到了穷奇的表情，知道自己又一次被捉弄了，心里郁闷得很。向来藏不住话的他紧咬着嘴唇，犹豫了一会儿却还是没把话憋回去，开口说：“你……为什么会帮我？”

穷奇挑眉：“帮你？”

“帮我来姑射岛。”

“没有为什么，本大爷乐意。”

齐抱朴沉默了。

穷奇注意到他突然间的安静，很不给面子地回了他一句："怎么？你以为我会像白泽那样想匡扶正义？或者看你和你朋友可怜而动了恻隐之心？本大爷才没那种好心管你的闲事。"

"你闲得无聊？"齐抱朴又问。

眨眼间，他们脚下已是嶙峋的岩石峭壁，再往前就是漫山遍野的苍翠绿茵。齐抱朴被眼前忽然出现的绿色吸引了，没有意识到穷奇忽然间的沉默。

"或许本大爷就不是在帮你。"穷奇的声音很轻。

耳边的呼呼大风刚好刮跑了穷奇说的话。齐抱朴大声地问穷奇刚才说了什么，但穷奇没有再回答。

他们在树林深处落了地。

这里几乎没有能下脚的地方，齐抱朴怀疑穷奇是故意的。地上长了许多林下植物，齐抱朴分不清那究竟是芋叶还是滴水观音，总之密密麻麻长了满地，将他们困在了林木中央。

齐抱朴环顾四周，看不出路在哪里。

"你怎么选了这里落脚啊？"齐抱朴半真半假地抱怨道，"到处都一样，完全分不清哪儿是哪儿。"

穷奇神色自若地抬脚向前走去，说道："路都是靠脚走出来的。"

"你知道那个工厂在哪儿吗？"齐抱朴拨开拦

在身前的叶子，急匆匆跟上穷奇的步伐。

“不知道。”

“那你怎么往这边走？”

“转一圈，总能遇到的。”

“没看出来，你还是个莽夫啊？”齐抱朴觉得不妙，“你不怕迷路？”

“本大爷活了那么多年，从来没迷过路！”

“真的假的？”

“你爱信不信。”穷奇说完，随手一指就让拦在眼前的树枝化为灰烬。

齐抱朴跟着穷奇在树林里穿梭，兜兜转转都没看到疑似工厂的地方。丛生的杂草划破了齐抱朴的皮肤，在他的小腿上划出一道道血痕。树木里还有很多蚊子，咬得他满身都是包。齐抱朴痒得不行，一边走一边挠，挠得手臂上都是红红的抓痕。

“喂，穷奇，”齐抱朴开口，“我觉得我们刚刚走过这里。”

“哦？是吗？”穷奇不以为意，打了个响指清理掉面前的林木。

“我记得这棵树，这是桉树。刚才已经路过一次了。”

“桉树而已，说不定是又遇见一棵了呢。”

“你当我傻的吗？我在树上做了记号的。”

穷奇回过头看了齐抱朴一眼，那个意味不明的眼神让齐抱朴有种不妙的感觉。他忽然意识到，只有自己和穷奇来到了姑射岛，如果对方想对自己不利，那么他几乎没有可能躲过去。

是他大意了。过去的一周多时间，穷奇在自己身边没有对自己不利，或许是因为有白泽在。但他却下意识地以为穷奇和白泽、耳鼠一样，都是与人为善的妖兽，就贸然抛下了白泽和耳鼠独自跟穷奇来到这座岛。

“你可不就是傻的吗，臭小鬼。”穷奇似笑非笑地看着他。

齐抱朴心中警铃大作，昔日耳鼠的告诫在他脑海中不断回响，这让他下意识地有些害怕。他浑身上下汗毛竖起，不禁用防备的眼神看着穷奇。

穷奇看着齐抱朴紧张的样子只是笑，像是看到什么好笑的笑话。但齐抱朴分明看见穷奇那双桃花眼如同深深的潭水般毫无波澜，他的心不免又凉一半。

“小鬼，你知道你现在这样子像什么吗？”穷奇似乎笑够了，眼眸弯弯看向齐抱朴。

“活像一只炸毛的猫。”穷奇吐槽。

齐抱朴不明就里。

“走吧，”穷奇收敛了戏谑的神情，“前面有河流，顺着河应该能找到制毒窝点。”

“你说的是真的？”齐抱朴有些犹豫，“我怎么知道你是不是在耍我？”

“爱信不信。”穷奇说完，径自向着有水流的方向走去。

齐抱朴看穷奇笃定的样子，心里也就信了七八分。但他还是存了些警惕，生怕穷奇再捉弄他。

他是来救人的，不是给穷奇当消遣对象的。

不一会儿，他们便来到了河边。潺潺河水清澈见底，齐抱朴凑得近了，还能看到水底有蝌蚪在游动。

“还真的有河啊……”齐抱朴喃喃道。

“本大爷犯得着诳你？”穷奇轻飘飘地瞥了他一眼。

话是这么说，但刚才被捉弄一番的齐抱朴还是不敢完全相信穷奇的话。齐抱朴不能确信穷奇真的那么好心想来帮他，多留个心眼总不是什么坏事。

齐抱朴看到了提着塑料桶的林修齐。林修齐穿着破旧的T恤衫，裤脚挽到了膝盖上，露出来的皮肤上有青青紫紫的伤痕。

齐抱朴三两句把穷奇糊弄过去后，开始仔细观察周围的地形。

姑射岛是一个火山岛，岛屿中央是一座休眠火山。这条河从山上奔腾而下，最后汇入海洋。齐抱朴他们所在的位置似乎是半山腰，既看不到山巅，也看不到大海。

齐抱朴以前在电视里看过，工厂一般建在有水源的地方，也就是说毒贩的毒窝很可能就在这条河的沿岸附近。这条河很长，从上到下找一遍太不现实，他必须尽快确定一个寻找的方向。

应该上山还是下山呢？

制毒窝点应该设在不易被发觉的地方，山上人迹罕至，好像是个可能的选项。但是考虑到运输的话，似乎山下的可能性更高一些。

齐抱朴思考的时候，穷奇就在一边不声不响地拨弄地上的杂草。

“往上还是往下呢……”齐抱朴还没想出个所以然，无意间将自己的思考说出了口。

“往下啊！白痴。”穷奇毫不客气地翻了个白眼。

“为什么？山上比较不容易被人发觉吧？”

“你不知道工厂都要排水吗？”

齐抱朴被堵得无话可说。

“嘁，说你蠢是真的蠢。”穷奇瞥了齐抱朴一眼，大跨步向山下走去，“快点走了，别磨磨蹭蹭的。”

“……我招你惹你了？”齐抱朴有些不满地抱怨着，但还是识趣地跟上了穷奇的脚步。

下山的路不好走，丛生的杂草和灌木，加上树林里随处可见的蚊虫和蜘蛛，把齐抱朴折腾得够呛。他平时喜欢踢球，但并不擅长在野外长时间行走。

走走停停，接近正午的时候，他们终于在靠近海边的树林里看见了一家小作坊。那小作坊跟齐抱朴在学校附近工地看到的临时建筑差不多，由几块复合板拼起来，上头盖了个深蓝色的顶篷，充其量算个遮风挡雨的棚子。那棚子大门敞开着，隐约能看到里头有好些个塑料大桶。

齐抱朴不太确定这是不是藏匿修齐的工厂，但一路走下来都是荒山野岭，只有这一个小破棚子勉强和工厂沾点边。齐抱朴原以为自己会看见竖着高高烟囱的大型工厂，里头七拐八弯堪比迷宫，自己只要小心一些就能在不被人发现的情况下将修齐带出来。齐抱朴没想到所谓的“工厂”是这样一个一眼能望见底的棚子，只要他靠近一些，就会被那个棚子里的人发觉。

齐抱朴躲在了一块大石头后面，仔细地盯着那个棚子。

棚子里时不时有人走进走出，将一桶桶液体倒到河里。提着桶的男人换了三个，其中一个就是赵雷——那个在“山海之家”见过的小个子男人。

终于在房子里的人第五次出来的时候，齐抱朴看到了提着塑料桶的林修齐。林修齐穿着破旧的T恤衫，裤脚挽到了膝盖上，露出来的皮肤上有青青紫紫的伤痕。齐抱朴想让林修齐注意到自己，但又怕被房子里的人发现。他思来想去，从草丛里捡了一块石头扔到了林修齐脚边。

林修齐敏锐地转向了齐抱朴的方向，看见齐抱朴时大吃一惊。林修齐谨慎地朝棚子里看了一眼，确定没有人注意到他后快步走到齐抱朴身边。

“你怎么来了？”林修齐压低了声音问，“你知道这里有多危险吗？！”

“我想带你回去。”齐抱朴也压着嗓子说。

“你一个人找到了这里？”

“没有，我跟穷奇一起来的。”齐抱朴说着回过头，想把穷奇介绍给林修齐认识。但他身后空空如也，只有一望无尽的树林，哪里还有穷奇的影子？但情况危急，容不得齐抱朴想那么多，他只好说道：“我一个朋友带我来的，但他不见了。”

林修齐有些疑惑地皱了皱眉，但他没多问穷奇的事情，而是催促道：“你还是快点回去吧，别让他们发现了。这里很危险。”

“我是来带你走的，你不走，我也不回去。”齐抱朴反手拉住林修齐的手腕，“你跟我走吧。”

“你疯了！”林修齐紧张地看了一眼棚子，压着嗓子骂道，“你这样，我们谁都走不了，你还可能把自己搭进来！”

“我没疯。”齐抱朴坚定地说。

“你知道他们会对你做什么吗？”林修齐似乎被齐抱朴这一副油盐不进的态度气到了，急红了眼。

“他们会把你绑起来，然后给你喂毒品，看你在药力作用下的样子取乐。等你成瘾了，毒瘾发作满地打滚的时候再继续给你灌。你越挣扎，他们越要控制你，让你为那些东西疯狂！

“他们会把你的尊严狠狠地踩在脚下，看你匍匐在地，卑躬屈膝地向他们祈求那一点儿毒品。他们会让你从身体到精神都成为毒品的奴隶，然后困在这座岛上帮他们做事、为他们卖命。”

这个简陋的棚子没有门，也从来不会上锁，却能将林修齐牢牢禁锢住。他若真心想逃，拼了命也不是不可能换得一线生机。

可他却放弃了尝试，放弃了给自己找一条生路，一条能让自己回到原来生活的路。

林修齐被掩藏在内心深处的欲望辖制，然后紧闭心门，拒绝去思考自己的未来。尽管做的都是些跑腿的事，但他确实已经参与了他们的行动。

这样的自己，林修齐都忍不住唾弃。

“抱朴，不要再救我了。”林修齐垂下了眼皮，“没必要。”

齐抱朴沉默地看着林修齐。半晌，齐抱朴咬着牙，一字一顿地问道：“你不想走，是吗？”

林修齐没有回答，但齐抱朴已经明白了他的答案。

“修齐，”齐抱朴艰难地开口，抓住了林修齐的双手，声音带着一丝祈求，“想想你妈妈。”

“你不在家，阿姨急得头发都白了，人也瘦脱了形，一直在念叨着你什么时候能回去。我前天见她时觉得她整个人都是恍惚的。

“想想你妈妈，她只有你了。回来吧。”

林修齐的神色有些微松动。齐抱朴见状，刚想趁热打铁，棚子里便走出来一个高个子男人。

“林修齐！倒个水跑哪去了？还不滚回来！”高个子男人大声斥道。

岩石挡住了男人的视线，他没看见齐抱朴，只看到林修齐露出的一个衣角。

林修齐慌乱地拨开了齐抱朴的手，把他往草丛里一按，整了整衣服走出了草丛。

“撒了泡野尿。”林修齐故作痞态道。

高个子男人见他走近，用力地拍了一掌他的头。

“你小子是不是想跑？说实话！”

“没有的事。”

“最好没有。”

高个子男人眯了眯眼，又往草丛瞟了一眼。他推了林修齐一把，迈开步子向石头的方向走去。

“藏了什么东西在石头后面？嗯？”高个子男人的声音满是威胁。

林修齐的脸一下子白了，急道：“什么都没有！”

齐抱朴听着那脚步声越来越近，心道不妙，想躲却又不知道对方会从哪个方向来。他的心跳快得几乎要跳出喉咙口，呼吸像是被人紧紧攥着，全身上下的血液仿佛冻结成冰。

他要被发现了吗？要被困在这里了吗？还是会被直接射杀？没有人知道他出来了，他是不是再也见不到明天的太阳了？

他要怎么逃？！

他能怎么逃！

就在齐抱朴近乎绝望的时候，林修齐喊了一声："我说！"

高个子男人停下了脚步，回头看向林修齐。

"我……我藏了点货在石头后面。"林修齐低声说。

高个子男人眯了眯眼。

"我怕你们不给我，像……像前几天那样绑着我，看我满地打滚找乐子，就自己藏了一点。"

"藏了多少？"

"就一小包。"

高个子男人向林修齐伸出了手："拿出来。"

林修齐急急忙忙跑到石头后面，蹲下来故意拿石头刨地，边刨边敲旁边的石头发出很大的声响。林修齐对脸色惨白的齐抱朴打了个手势，让他在这声音的掩护之下从另一边走。

高个子男人晃悠悠地跟着林修齐从石头的左边走向石头背面。齐抱朴挪动脚步，让石头掩护着自己的身体，趁着高个子男人被林修齐吸引住的时候，躲进了石头正面的灌丛里。齐抱朴趴到了地上，用杂草和树叶盖住自己的身体，在地上蜷缩成一团。

林修齐用身体挡住高个子男人的一部分视线，从鞋子里悄悄掏出一小包白色粉末，扔进了刚刚刨出来的土坑里，装作挖出来的样子，递给了高个子男人。

高个子男人拿过那一小包东西，又用脚刨了刨土，确定坑里没东西之后才拎着林修齐的领子往回走。

“你小子真长本事了，今天你一点都别想要！”高个子男人骂骂咧咧。

林修齐任由那男人拖着，没有再看向灌丛。

齐抱朴在灌丛里趴了很久。他听见棚子里传来拳打脚踢的声音，还夹杂着不干不净的咒骂。这样的声音让齐抱朴想起了几年前的晚上，同样是大声的咒骂和拳脚打在人身上的闷响，只是这一次他没有再听到压抑的哭声。

现在的林修齐已经不会因为被打而哭了。也许是学会了忍耐，也许是习以为常。

齐抱朴觉得自己的心慢慢疼痛起来。

他木着脸观察了一圈，确定外面没有人后拨开了自己身上的草叶，轻手轻脚地离开了棚子附近。他沿着河流的方向走，一路走到了海边。

带着咸味的海风吹到他的脸上，伴随着细密的沙子，刮得他迷了眼。齐抱朴望着这连港口都不知道在何处的海滩，难过得无法呼吸。

是他自以为是，以为自己能够单枪匹马救出修齐，不愿意报警，不愿意听白泽的话。没有那几个上古妖兽的帮助，他什么都做不了，连来这座岛找到那个棚屋都做不到。他不仅没能将修齐带出来，还害得修齐挨了一顿毒打。

修齐会怎么样呢？会被他们打死吗？

齐抱朴不敢想下去了。

今天的一切，归根结底都是他的错。

“白泽！”他对着虚空大吼道，“你在吗？我知道错了！”

海风骤然变急，呼啸的风声掩盖了齐抱朴大吼的声音，将沙子高高扬起，吹得他满头满脸都是。

不知是风沙迷了眼，还是心中难过，齐抱朴的眼眶渐渐红了，但他仍旧对着虚空大吼着道歉。

“我知道错了！

“对不起！

“修齐他有没有事？你可不可以告诉我……他有没有事……”

齐抱朴的声音慢慢变得嘶哑，泪水在他脸上肆意流淌，在他的力气都要用尽的时候，虚空传来了回复。

“他目前还没有生命危险，但受了不少皮肉之苦。”

齐抱朴红着眼睛抬起头，白泽终于出现在他面前。白泽依旧是幻化成人形时云淡风轻的样子，望向齐抱朴的那双眼睛看不出悲喜。

“你来了。”齐抱朴哑着嗓子开口。

白泽轻轻颔首。

“你早就知道事情会变成这样子，对不对？”

“对。”

“那为什么……穷奇带我走的时候，你为什么不阻止我？”

“你选择了跟他走。”

齐抱朴不能怪白泽没有阻止他，决定是他自己做的。他错信了穷奇的挑唆，带来的后果就应当由他自己来承担。他没有在一开始听从白泽的建议，自然不能怪白泽选择冷眼旁观。白泽没有义务每一次都像在山海之家时那样，将所有的前因后果掰碎了说给自己听。

归根结底，是他过分依赖白泽通晓过去未来一切事的能力，却没有对白泽的建议给予同等的信任。哪怕白泽从今往后都不帮他，也是他自作自受。

“对不起。”齐抱朴的声音越来越低，“我现在就报警，告诉警察修齐涉毒。我不会再质疑你了。”

白泽平静地看着齐抱朴。

“你当然可以质疑我，没有人值得你付出一切信任、盲目服从，哪怕那个人看起来无所不能。”白泽轻声开口。

齐抱朴有些惊讶地抬起眼，猝不及防地撞进了白泽的视线里。

“但是你要明白，你每做一个决定，都应该想清楚它可能带来的后果，以及你是否能够承受这个后果。”

“哪怕是你？”

“哪怕是我。”

“那……那我报警了修齐会怎么样？”齐抱朴停顿了一下，继续问道。

“警察会在最短时间内派人来把他带回去，这是其一；带回去之后，针对他的情况，警方会做一些调查、取证，然后督促他戒毒，也会定期上门回访，这是其二。

“他已经年满十四周岁，因此他受胁迫参与运输毒品的行为会有记录。但是因为他仍是未满十六周岁的未成年人，只要他在戒毒期间表现良好，仍然有回旋的余地。”白泽不急不缓地说。

“回旋的余地？”齐抱朴问。

“就是这份记录会封存。”

“不会影响他将来升学吗？”

“军警类院校会有影响，其他学校不会。”

齐抱朴想了想，最终点了点头：“我知道了。”

白泽没有更多的表示。

“但是在那之前……可不可以让我再见一下修齐？”

“嗯？”白泽说。

“我觉得……我可能没有资格替他做这个决定。”齐抱朴想起了刚才修齐所说的话，心里一阵闷疼，“这是修齐的人生，不是我的，对吗？”

“对，也不对。”

“为什么？”齐抱朴疑惑。

“你已经踏出了这一步，因为你知道怎么做才是对的。放任他在这座岛上跟着这些人制毒、贩毒、以贩养吸，他最终只有被捕入狱或者吸食过量毒品致死两条路。这当然是错的。

“如果你现在再去问他，他拒绝了你，你选择不救他，那么未来他后悔的时候，可能会怨恨你；假如你违背了他的意思，执意报警，他有可能在回去后的相当长一段时间内怨恨你。因为回去之后他会面临比离家出走之前更重的、来自周围人闲言碎语的压力。

“你还要去问他吗？”白泽解释后接着问道。

“你怎么这么确定他不想回去？如果他愿意呢？”齐抱朴说。

白泽看着齐抱朴，眼神忽然柔和了下来，开口道：“在他说过了那样的话之后，你仍然认为他想获救？”

“是的。”齐抱朴一字一顿地说着，像是要给自己增加底气，“我能感觉出来……那不是他的真心话。

“你不知道……不对，你应该知道，修齐看着温和，其实挺骄傲的。小学的时候进校门要戴红领巾，我三天两头会忘记，而他从来没有忘记过；假期作业，他总是会在放假没多久的时候就写完；他白色的校服永远是干净整洁的；他上课绝对不会迟到。修齐就是那种教科书级别的好学生，有着自己的傲气——虽然我觉得他只是强迫症。

“这样的修齐，不可能真的接受自己堕落的。除非他不想活了。”

齐抱朴仰着头，努力做出一副想和白泽平视的样子，坚定地说：“只要他还想活下去，他一定会走的。”

白泽微微叹了叹，开口说：“你是对的。”

齐抱朴眼睛一亮。

“他现在已经昏过去了，我可以带你进入他的梦里。但我不同意带你回那个工厂。”白泽说完，将手伸到了齐抱朴面前。齐抱朴没有任何犹豫就将自己的手放了上去。

一阵天旋地转，齐抱朴又一次坠入了无尽的黑夜。

第五章 你我的未来

齐抱朴再次睁开眼睛的时候，发现自己在林修齐的房间里。

林修齐坐在书桌前安静地看着书。台灯的光映在他的脸上，他握笔的手在书页上投下一道阴影。桌前放了一杯温热的牛奶，窗台上摆了几棵大小不一的多肉植物。似乎是小学四年级左右的事情，班级里搞园艺活动，全班都在养植物。齐抱朴偷懒，养了几株仙人掌。林修齐也不擅长养植物，就养了几棵比较好养的多肉。

做梦都在看书，这样的林修齐，怎么就能忍受在制毒窝点里的生活呢？

齐抱朴想着，伸出手准备去拍林修齐的肩膀。还没等他碰到林修齐，就被门外传来的响动打断了。

“我添乱，我怎么添乱了？我还不是为了你们两个！”

林修齐皱了皱眉头，起身走出房间。林修齐猛地拉开自己的房门，齐抱朴紧随其后，猝不及防地看见修齐爸爸一挥手将修齐妈妈甩开的场景。

“啊……”修齐妈妈被那股蛮力带着撞上了桌角，疼得眼冒泪花。

“妈！”林修齐跑过去将母亲扶起来，满脸愤怒地盯着父亲。

“你小子……什么眼神，对你爸我有意见吗？”修齐爸爸明显喝醉了，脸上泛着不正常的潮红，说话的口齿也不是特别清楚。

林修齐一言不发，显然不打算接爸爸的话。

“我告诉你，谁都可以对我不满，唯独你不可以。你不可以！”修齐爸爸大声说道。

“我不想和醉鬼说话。”林修齐冷着脸咕哝道。

“谁是醉鬼？”修齐爸爸被这句话激怒了，声音也高了一个八度。

林修齐仍旧冷着脸。

还没等他说什么，修齐妈妈便拉了拉他的手：“少说两句。”

林修齐从鼻子里哼了一声，转头就想向房间走去。

“回来！”修齐爸爸一声暴喝，叫住了林修齐。

林修齐回过头，面无表情地看着爸爸。对方领子歪了，头发也显得凌乱，眼球布满了红血丝，怒气冲冲地瞪着林修齐。

“毛都没长齐，就长本事了啊！我为什么会出去喝酒，还不都是为了谈生意，为了你们！你们领过情吗？”修齐爸爸瞪着眼骂道。

“回家看不到你，出来就给我摆个臭脸。我欠你的吗？”修齐爸爸用手指着修齐。

林修齐脸色有些难看。齐抱朴感觉得到林修齐的害怕。林修齐的腿有些打抖，手也紧紧握成了拳头。

“还有你！”修齐爸爸转头将矛头指向了修齐妈妈，“我想看看儿子，还拦着我，儿子也不是你一个人的！”

“修齐在学习……他后天要参加竞赛了。”修齐妈妈轻声道。

“他不是一直成绩很好吗！”

“成绩好也要复习啊。”

“平时读的书都读到哪里去了！看一眼会怎么样！看他一眼又不会吃了他！”修齐爸爸似乎什么也听不进去，开始胡搅蛮缠起来，“我在外面辛辛苦苦挣钱养家，回到家连看你们一眼的权利都没有了是吗？”

“不是……你这……”修齐妈妈说不出话。

“我，我什么我！你怎么不说说这个月为什么一下子多花了那么多钱？”

“物业费、水电费，还有修齐的培训班，你需要我一样样数给你听吗？”修齐妈妈被质问得有些不耐烦，“家里花销怎么样，平时我都有跟你说，不是吗？现在你又想胡扯什么？”

“胡扯什么？前天下午巷子口那个白衣服的男人是谁？我看你们谈得挺开心的啊！”修齐爸爸冷笑，“怕不是外头有人了？”

“你在想些什么，不要当着孩子的面胡说！那是修齐的家教老师，问了他几句修齐的学习状况而已！多少人都看见了！”

修齐爸爸扯过修齐妈妈的领子，将个子不高的修齐妈妈提了起来：“你最好说实话，都有人嚼舌根到我耳朵边了。”

“你放手！！”林修齐说完，一个箭步冲上前去，双手紧紧扒住父亲的手臂，还上嘴咬了一口。

修齐爸爸松手，蛮横地将妻子推到一边，撸起袖子向林修齐身上招呼。

“学会咬人了！你老子是你能咬的吗？”修齐

爸爸边打边骂。重重的巴掌落到林修齐身上、脸上，他脸上很快就出现了红通通的巴掌印。修齐妈妈跑过来抱住修齐爸爸的腰，拦着他不让他继续打修齐，却将自己也卷入了狂风暴雨之中。

修齐爸爸抓过桌上的擀面杖，轮流抽打着两个人。林修齐和妈妈抱着头在狭小的厨房里东躲西藏，谁都没有阻拦修齐爸爸的力气。

“叫你不听话！叫你咬人！咬啊！怎么不咬了？”修齐爸爸完全没有停下来的意思。

齐抱朴看得心惊胆战，他没去想自己能否干涉修齐的梦境，下意识地冲上前去，凭借着一股爆发力，将修齐爸爸往角落用力一推，然后拉过修齐和修齐妈妈往卧室里跑。他将两人拉进卧室，迅速地将门关上，然后反扣，惊魂不定地回过头去想看看修齐和修齐妈妈的状况。

齐抱朴回过头，却发现身后的空间在慢慢地被黑暗吞没。在他完全坠入黑暗之前，他只记得自己看到了林修齐难掩惊异的脸。

当笼罩着齐抱朴的黑暗又一次散尽时，齐抱朴发现自己站在学校男厕门口。

厕所外的水龙头哗啦啦地开着，有些嘈杂的水声掩盖了厕所内的声音。齐抱朴皱了皱眉，走进了厕所里，看到几个混混模样的学生围着林修齐。

“大学霸脾气真是不小啊。”

林修齐没有说话，那几个人围着他，将他挡得严严实实，齐抱朴几乎看不清林修齐脸上的表情。

“也就跟你商量商量事情，就跑去报告老师？真是有本事。”

“你这不是商量的态度吧。”林修齐冷淡地回道。

“你除了报告老师，还会什么呢？”对方没有理会林修齐的话，径自说着，“也对，学霸么，总是好学生。”

那人刻意咬重了“好学生”几个字，引来旁边几个人的哄笑。

“方法老土，但确实给我们找了不少麻烦。”那人冷笑一声，“我们五个因为你那一个小报告，又挨写检讨又挨请家长，还挨扣零花钱。你不觉得，你应该表示一下歉意吗？”

“我为什么要表示歉意？”林修齐平静地说。

“你给我们添了那么多麻烦，还不表示一下歉意说不过去吧。”为首的那个人上前一步，抓住了林修齐的领子。齐抱朴这时才看清林修齐的脸，他的脸上写满了不耐烦，是齐抱朴从未见过的神色。

“帮我们写检讨，我们就不找你麻烦。不然你今天别想好好地从这里出去。”

林修齐不发一言。

他抬手将自己的衣领从那人手里扯了回来。可这个举动显然激怒了对方，对方抬手就是一拳，直接冲着他胸口打去。林修齐被那一拳打得后退了两步，背部直接撞到墙上。

“拽什么拽啊！不就是成绩好点吗？怎么跟你说两句话那么费劲呢！”

拳脚如雨点般落到了林修齐的身上、腿上。这些人似乎做惯了这样的事情，很巧妙地避开了脸和露在外面的四肢，专门挑衣服遮住的地方打。混着泥水的黑脚印染黑了林修齐白色的衬衣，他一个人面对五个同龄人，几乎没有还手之力。

“叫你拽！叫你拽！你现在求我，我可以考虑放过你。”为首那人还在骂。

齐抱朴急了眼，上前一把拽开了为首的人，将他往角落一推，拉起林修齐就往厕所外面跑。

跑向厕所外的路忽然变得特别长，像是没有尽头一般拼命地向远方延伸。齐抱朴拉着林修齐不停地跑着，却怎么也跑不出那一道通往外界的门。

“……抱朴？”

林修齐的声音从身后传来，齐抱朴回过头，说：“很快就能出去了！”

黑暗铺天盖地从身后袭来，齐抱朴心里一惊，连忙握紧了林修齐的手加快速度向外头奔去。那条不断延伸着的路终于停了下来，齐抱朴憋着一口气，迈开步子跨过了那一道通向光亮的门。

齐抱朴回过头，想对林修齐说些什么，却发觉对方仍在门后的黑暗里。齐抱朴拉着林修齐的手，可无论他怎么用力，也无法将林修齐拉到门这边来。

齐抱朴慌了，使出了全身的力气去拽林修齐的手，然而他无论如何也拉不动林修齐。

林修齐看着他，微微一笑，另一只手扯开了齐抱朴的手。齐抱朴没来得及开口，便看见林修齐身后的黑色旋涡中伸出了无数双手，强硬又迅速地将林修齐扯入了深不见底的黑暗里。

“修齐！”齐抱朴大喊着林修齐的名字，义无反顾地跳入了那片黑暗中。

齐抱朴再次睁开眼，发现自己在小区的花园里。

林修齐背着书包，和往常一样走在回家的路上。

他似乎看不见齐抱朴，无论齐抱朴在他身边做什么，他都没有任何反应。

齐抱朴皱了皱眉，并不明白为什么林修齐忽然就不搭理自己了。

小区花园里有人牵着狗散步，也有抱着孩子的母亲在逗孩子说话。一切都和平常没有什么两样。

一个提着菜篮子的阿姨见到林修齐，笑容满面地打了声招呼："是修齐呀。"

"阿姨好。"林修齐礼貌地回应。

"好久没见你妈妈了，现在怎么样啦？有什么需要帮忙的不要客气，尽管跟我们说噢。"

"我妈妈很好，谢谢阿姨。"林修齐快速回答。

"对了，我听我家小孩说你数学学得可好了，有空辅导一下我家臭小子啊！"

"我还没有那个水平辅导人呢……"林修齐的语气带了些犹豫。

"哎呀，不要那么小气嘛。都住一个小区，你们都是一起长大的呀。"

林修齐面露尴尬，他想了想，回道："这样吧……辅导也谈不上，交流一下还是没问题的。有空我跟他聊一聊，您看行吗？"

“当然，这样最好啦！少年仔嘛就应该多多互相帮助的呀！”

齐抱朴听了这话下意识地皱了皱眉，他不太喜欢这个阿姨的说话方式。他侧过头去看林修齐的表情，出乎他意料的是，林修齐似乎对此习以为常，神情很平静。

“对了，最近怎么没见你跟抱朴在一块玩呀？以前你们不是很好的吗？吵架了？”

听见自己的名字，齐抱朴的耳朵下意识地竖了起来。尽管他就站在两人面前，但无论是林修齐还是这位阿姨都看不见他。齐抱朴不知道怎样形容自己现在的心情，总觉得有些怪异，却又说不出个所以然来。

“没有，他们足球队要训练呢。我就先回来了。”林修齐好脾气地答道。

“那也没关系呀，你可以多跟我们家小子一起玩呀。多一个朋友多个伴嘛，对不对？”

齐抱朴听了直皱眉，甚至有点想发脾气。“为什么我没跟修齐一起走就是吵架了？为什么我们吵架了就要跟别人一起玩？”

可是齐抱朴又觉得自己的怒火似乎没什么道

理。这位阿姨并没有说什么过分的话，而她也没有什么恶意，无非是希望自己家成绩不好的小孩多跟成绩好的林修齐玩一玩，学一点他身上的长处罢了。类似这样的话，齐抱朴从小没少听，甚至于他的爸妈也没少叫他收收性子跟林修齐学学。

还没等齐抱朴生完闷气，眨眼之间，场景就转到了室内。林修齐和一名少年坐在一起，那名少年正是刚才那位阿姨的儿子。两个人似乎在写作业。齐抱朴低头一看，作业本上的题目是模糊的，不知道是不是梦境的关系，一些细节并不是那么清楚。

“修齐，这道题能不能借我看下？”少年问道。

“你先自己做。”林修齐说。

“哎呀，我想不出来了，就看一眼嘛！”少年不满道。

林修齐皱了皱眉，好脾气地说道：“我也不一定对啊，你先做，然后我们再交流思路？”

“哼，小气。”少年撇撇嘴，“抱朴就会借我看。”

“……那你找他去啊。”林修齐无奈道。

齐抱朴没想到两个人的对话还会涉及自己，连忙跳脚，也顾不得两人是否看得见自己便连连摆手道：“我不是，我没有，你别瞎说啊！”

开什么玩笑，齐抱朴自己的作业从来都是等到最后才做完的，哪可能借给别人抄。

林修齐从来都是这样的，齐抱朴清楚地知道他的脾气，虽然他总是提前写完假期作业，可是他不会把作业借给别人抄。哪怕是跟他关系最好的齐抱朴。

其实，齐抱朴以前也不是没抄过林修齐的作业。在刚上小学的时候，林修齐作业做完了也不会藏着掖着不给人看。

但是有一次，他最后一道数学大题做错了，那时候坐在他周围的几个人全都错得一模一样。他们全被老师找去谈话，连林修齐本人也没有逃过惩罚。齐抱朴原先觉得没什么，谁没做错过呢？可是，抄林修齐作业的其中一个人被家长教训了一通之后，竟然回过头来怪林修齐为什么那一次没有全做对。有一个人起了头，就有其他人附和，到最后居然成了林修齐一个人的责任。有些人总是倾向于从旁人身上找原因，很少反思自己的毛病。自己就算有错，也能轻易原谅自己，似乎这样就可以让自己心里好过一些。

那次之后，林修齐再也没有给别人抄过作业。

齐抱朴微微叹了口气，再一抬头就回到了小区的花园。

林修齐如同往常一样在小区花园里走着，仍然是一个人。他路过花园里的公告栏，看了两眼正打算往前走，突然听见了公告栏背后传来的声音。

“我跟你讲哦，那个林家的小子啊，看着成绩好，为人太小气了！”

“怎么说？”

“上次叫他跟我家小子一起学习，我家小子有题目不会，问他，他不回答，还叫我家小子去找抱朴。抱朴跟我家小子半斤八两，两个脑子差不多的在一起学，能学出个什么来！谁不知道林家小子成绩好啊，怎么就这么傲呢！”

“哎哟，这样的啦？不好这样的吧，这多不合群。”

“是啊。唉，也是看他家可怜……”

林修齐如同被施了定身咒一般，愣愣地站在公告栏前面。

“修齐！修齐！”

齐抱朴伸出手，在他眼前晃了晃。林修齐仍是浑然不觉的模样。公告栏后面那几个惹人厌烦的声音还在继续，齐抱朴听了心烦，探出头去骂道："唠唠叨叨有完没完啊！不借作业给他抄就是小气了？那我永远也不要学会大方！"

几个阿姨这一回竟然看到了齐抱朴，面面相觑，然后说道："哎呀，抱朴，你也不小了，怎么就不能理解一下我们做家长的心呢？我们不过是想孩子好啊，谁想到修齐根本不乐意搭理我们家小孩。"

"为什么他一定要搭理他们？合不合得来不是缘分吗？合不来就是修齐不合群了？"齐抱朴有些烦躁地跺脚。

"邻里之间，能帮就帮嘛。我们都是这么过来的呀，大家都没少帮你们不是？"

"对呀，也没要求你做什么大事呀。邻里团结点对大家都好。"

"你也不算小了，成熟点呀。"

"是啊，你回头也劝劝修齐，合群一点。"

几个阿姨你一言我一语地说着。几个声音夹杂在一块，齐抱朴愣是一句话都插不上。他几次想开口都被打断了。不断积累的火气蹿上了心头，直冲齐抱朴的脑子。他一甩手，不管不顾地吼道："如果这是不成熟，那我真希望自己一辈子都不要学会成熟！”

齐抱朴的话如同一个休止符。话音落下，梦境随之粉碎。所有的场景全都消散，只留下望不见底的黑暗。他回过头，在这片黑暗中看见另一处光亮。

那是林修齐。他抱着双腿蹲坐在地上，遮挡住了自己所有的神色。

齐抱朴走到林修齐身边，蹲了下来。齐抱朴犹豫着，不知道该如何开口。

“抱朴，”林修齐抬起了头，眼睛却没看向齐抱朴，“有时候我真羡慕你。”

“嗯？”齐抱朴疑惑。

“你可以毫不在意地说不想长大，可以没有顾忌地做想做的事情，完全不在意别人的眼光。这些我都做不到。

“我做不到不在意别人的看法，也不想让自己总是活在别人的议论之下。但是我们家这个情况，你也知道，总是会或多或少被人议论一两句。

“我爸不争气，醉了打人，醒了抱着我们哭着道歉。我们要他戒酒，但是他没能戒掉。一方面是他在那个位置身不由己，另一方面大概是他自己没有真的想戒掉。所以我妈跟他离婚，我一开始是松了一口气的。至少不用每天纠结这一次要不要原谅他，要不要再相信他。

“但也就是一开始而已。后来全小区的人好像都盯着我们。见面时总是有人问我们好不好，要不要帮忙。其实我们挺好的，至少我没什么不好。但是别人看我总像在看一个没了爹的孩子。可是我爸又不是死了，他每个月都会来看我。我爸神志清醒时还挺正常的，也不会打我。

“可是你知道伸手不打笑脸人，别人这么问起来的时候，我除了说一句‘好’，还有什么选择吗？光是说也没用。我们这个小区，同龄人几乎都跟我们在同一所学校，还有不少在一个班。我不仅得说‘好’，我还得过得好，才能让这些人脸上的同情少一点。

“我很想说我不需要同情，真的不需要。可是我不能这么说，一旦我开了这个口，有些人就会来指责我，或者有些人会更同情我。

“指责我不成熟不懂事，或者同情我没得到家庭的温暖，这都不是我想要的。”林修齐终于将自己的心事向好友倾诉。

齐抱朴张了张嘴，犹豫了一会儿，问道：“那……

你为什么离家出走？”

林修齐毫不在意地笑了：“想试着当个坏小孩。你别说，一开始还蛮爽的。”

齐抱朴心底隐隐抽痛，还有一丝说不清道不明的不满，但他努力克制着自己的情绪，不想在脸上显现出来。

“那你现在还爽吗？”齐抱朴问。

林修齐沉默了。

齐抱朴起身，大步上前，一把拽过林修齐的手臂，想将他从地上拉起来，但没拉动。

“跟我回去！”

“我不！”

“你难道真的想死在这里吗？”

“难道回去让他们继续同情我，或者讥笑我正式成了一个失足少年？”林修齐反问道，“那还不如让他们以为我死了。”

“以为你死了不也是以为你成了失足少年吗？你想的什么啊！”

“那也总好过被人说我吸毒、贩毒吧！”

“你是被骗、被胁迫的啊！”

“这难道不是我咎由自取吗？”

林修齐抱着双腿蹲坐在地上。齐抱朴弯下腰，伸出了自己的手。

齐抱朴仰起头看向天空，只见层云被风吹散，白泽的身影渐渐远去。

齐抱朴难以置信地瞪圆了眼睛。

“你真的这么想？”齐抱朴看着林修齐问道。

林修齐缓慢地抽回了手，又重新抱着自己的膝盖，将头深深地埋进了双臂间。

“难道你不会这么想吗？从一开始……就是我选错了。”林修齐回答道。

齐抱朴沉默了，他几次张了张嘴，愣是没说出一个字来。

“一旦做错事，就会受到惩罚。以前给别人抄作业是这样，在班上不想跟人牵扯太多是这样，这次离家出走也是这样。惩罚只会一次比一次重。”林修齐低声说道。

“你不想和别人牵扯太多是什么意思？”

林修齐冷笑了一声，说道：“有几个混日子的人因为我不帮他们考试作弊，记恨上了我。你也看到了不是吗？后来我也不想跟班里其他人处好关系了，反正我还有你这个朋友。但谁想到呢，期末考试之前有人偷了我的笔记。我找笔记的时候被那几个混日子的看见了，被他们推进了学校的池子里。笔记没找着，第二天还发烧了。”

“所以……所以你期末才没考好？”

“嗯。然后跟我妈吵了一架，就离家出走了。”

齐抱朴忽然说不出话来了。

“你看，我真的一点错都不能有。”林修齐抬起头，“我已经受到惩罚了。”

“胡说八道！”齐抱朴气得给了林修齐一拳，“你能不能不要这样想啊！人倒霉难道是自己的错吗？你承认自己倒霉不就得了！明明你遇到的事情大多都不是你的问题，别人犯的错凭什么要你承担？你怎么还非得找出自己的不是来？”

林修齐捂着脸上被打的那一处，疼得紧皱双眉。

“谁都有犯错的时候，犯错了也没有什么不能被原谅的。更何况这件事本身不是你的错。你被骗了，被灌毒品，被胁迫帮他们送货，这本来就是那些骗你的人的问题！不是你的！

“但是你知道自己成瘾，知道了他们在做的勾当，还不赶紧跑，还留在这里自甘堕落，这才是你做错的事情！

“你难道甘心一辈子就这样了吗？”齐抱朴大声道。

“我不甘心啊！”林修齐吼道。

“我不甘心！可是那又有什么用呢？我拼了命

是有机会跑出去，那之后呢？我要是回不了家就死了，或者回到家了却戒不掉毒瘾呢？”林修齐说着，声音也带了一丝哭腔，“我当然想回去，可是我回不去了！我回不去了！”

“你还没试过，怎么就知道你做不到呢？”

齐抱朴说完就蹲下来，抓住林修齐的手腕。

“我可以帮你报警，警察会送你回去。只要你把毒戒掉，一切都还来得及。”齐抱朴看着林修齐的眼睛缓缓说道。

“……真的？”林修齐轻声说。

“真的，我听说只要你戒掉了毒瘾，这件事就有回旋的余地。虽然会影响军警院校的招录……但是你想读的医学院校是不受影响的！”

林修齐的面上流露出一丝复杂的笑意。

“抱朴。”

“嗯？”

“我这是在做梦吧？”

齐抱朴愣怔了一瞬，不知该如何接话。

“不然我怎么会还有机会呢？”林修齐嘴唇翕动，笑容带着一丝惨淡，“我都快不想醒了。没想到我竟然会梦到你。”

“不是的！我说的都是真的！”齐抱朴急急地解释，“白泽把我送进了你的梦里，在你眼前的确实是我。我跟你说的那些都是白泽告诉我的！”

“白泽又是谁……”林修齐仍是不相信的样子，“我没听说过这个名字。”

“他不是凡人，是上古妖兽。是他送我进你梦里的。”齐抱朴解释道。

林修齐扑哧一笑：“上古妖兽啊……我果然是在做梦吧。”说到最后，他自己都没察觉到自己的语气变得柔和。

“我说的都是真的！虽然……我也觉得像梦一样。你跟我回去，你跟我回去我就带你认识他。”齐抱朴举起手握成拳，信誓旦旦地说道。

“你还真是……”林修齐的声音越来越小，他没说下去。

“真是什么？”

“无所不用其极。”

“我就当你在夸我了。”齐抱朴眉头一跳，努力按捺下揍林修齐一顿的冲动，好声好气地问道，“你想好了吗？要不要我帮你报警？”

“要。”林修齐收敛了嬉笑的神色，正色道，“拜托你了，抱朴。”

齐抱朴笑了。他伸手将林修齐拉了起来，这次他没费太大力气便做到了。

“交给我吧。”齐抱朴看着林修齐的眼睛说道。

从林修齐的梦境里出来的时候，天色已经接近黄昏。夕阳将海平线以上的云都染成了燃烧着的颜色，从天边一路烧到了眼前。

白泽站在齐抱朴面前，面色平和地看着他，像是等着他开口。

“白泽，修齐说要我帮他报警，他愿意跟我回去了！”齐抱朴清醒过来便兴奋道，“我这就报警！”

“嗯。”白泽点点头。

“我应该怎么说？就说他们在这里制毒，然后诱拐未成年人？”齐抱朴急急地看向白泽。

“把你今天看到的说出来就好了。”白泽温和地答，没有丝毫的不耐烦，“这又不是考试，没有那么多答题样式。”

齐抱朴似懂非懂地点点头，然后有些忐忑地拨通了报警电话。

“喂，110吗？我在姑射岛发现有人建了工厂在制毒，大概有五六个人，里头还有一个看起来像是被拐来的未成年人。”

一番沟通后，警察来得很快。夜色降临之后，一队便衣警察便找到了齐抱朴。齐抱朴向他们仔细地讲述了自己今天的所见所闻，只单单略过了和白泽、穷奇有关的部分，谎称自己是一时兴起过来旅游。

“我们已经基本了解情况了，这位同学，感谢你的举报。天色不早了，你也赶紧回家吧。”

齐抱朴张了张嘴，有些欲言又止。便衣警察似乎察觉了他的不妥，追问道：“还有什么情况想说的吗？”

“警察叔叔，我今天看到的那个少年……”齐抱朴犹豫了一下，还是决定和盘托出，“是我的朋友。他好多天没回家了。你们会带他回来吗？”

便衣警察合上笔记本，拍了拍他的肩膀，说：“知道了。我们会尽快把人救出来的。你先回家等消息吧。”

齐抱朴点点头，道了声谢，强忍担心的情绪，跟着白泽老老实实坐船离开了。

从姑射岛回市区的船有些晃，外头的天已经黑得彻底。齐抱朴从船舱的舷窗朝外看去，只能看到黑茫茫的海面。

“白泽，”齐抱朴窝在座位上，声音闷闷地开口，“修齐什么时候能回来呢？尽快是多快？他们什么都没告诉我。”

“他今天晚上就能回来了。”白泽淡淡地开口。

“真的？！”齐抱朴一下子坐直了，“今天晚上？”

白泽颔首。

“你没骗我吧？”齐抱朴看向白泽，小心翼翼地问道。

“我什么时候骗过你？”

齐抱朴不说话了。

“那……刚才为什么警察不告诉我呢？”他咕哝道，“告诉我就好了。”

“我之前也有很多事情没有告诉你。”齐抱朴话音刚落，就听见白泽古井无波的声音在身边响起，“怪我吗？”

齐抱朴扁了扁嘴，不知该如何接话。看见他不太坦然的态度，白泽便明白了他的意思。只见白泽指尖捻了一个诀，隔绝了外界的声音。这样一来，周围人只能看见他们在说话，却听不清他们说的是什么。

“你看起来很想要一个解释。”白泽侧过头看着齐抱朴。尽管他神色依旧温和，齐抱朴却莫名产生了无所遁形的感觉。

“我想过，你也许有你的理由。”齐抱朴慢吞吞地开口，尽力使自己的声音听起来平和，“但是我也会想，如果你能告诉我为什么就好了。有些事情我不是一开始就能理解的。

“我年纪不算大，跟你比起来，我见过的事情就更不值一提。如果你不告诉我为什么，我也许要花很长时间才能理解你说的话。就像这一次，我到了这里，亲眼见到了这个工厂，才明白你是对的。

“如果你在我想不明白的时候告诉我，修齐所在的地方是这样的，我可能当时就理解了，就会照着你说的去做。如果警察告诉我，他们今天晚上就能救出修齐，我也不会那么担心。”

“告诉你，你就能够放心了吗？”白泽听罢，淡淡地反问道。

齐抱朴愣了愣。

“人总是更相信亲眼所见之事，这和理解能力并没有多大关系。”白泽语气轻缓地说道，“我虽然通晓过去未来一切事，却也不能干涉你的决定和行动。”

“抱朴，这是你自己的人生。只有你应当为之负责。”白泽补充道。

齐抱朴默然，独自消化着白泽说的话。

“至于事情的始末及缘由，在我能说的范围内，我已经尽量告诉你了，并非有意隐瞒。天道赋予我通晓古今的神通，却也给我下了诸多限制。我不能干涉天下苍生的选择，不能引导你们为善或为恶。我只不过是知道而已。世间万物有其运行规则，我也不例外。”白泽说到这里顿了顿，神色舒缓了些许。他自始至终都看着齐抱朴，对方脸上的神色变化都被他看在眼里。

“还有警察，他们的行动有保密规定，这是他们必须遵守的规则。”白泽说完便停下，没有继续说下去。

“世间万物都有运行规则？”齐抱朴问。

“对。”白泽回答。

“那如果……”齐抱朴的声音有些颤抖，说出来的话也有些偏激，“如果我今天跟穷奇走了，死在那里了，也只是我的命运吗？”

白泽微微叹了叹气，双手摊开，说：“我一直跟着你们，尽管你看不见我。穷奇也知道这一点。”

“你的意思是，如果穷奇想害我，你会出来阻止吗？”

“我会。”白泽毫不犹豫地答道，“但穷奇并没有想要害你。”

“你能保证？下午如果穷奇做了点什么，我就会被发现吧？”

“他并没有想要害你。如果他真的想要对你不利，不需要这么麻烦。他甚至不需要亲自动手就能够取你性命。你记不记得他最擅长什么？”白泽说。

“蛊惑人心，然后挑起人与人之间的争斗？”齐抱朴问。

“准确地说，是挑起世间一切生灵之间的争斗。但他并没有对你那么做。”白泽答。

齐抱朴心里的不满被白泽的话轻易地抚平了。他有些词穷，声音低低地问道：“那穷奇到底想要做什么呢？”

“他只是无聊罢了。”白泽微微摇头。

“无聊？”齐抱朴的眉毛高高地扬起，有些惊讶于这个答案。

“对，无聊。”白泽的神色也染上了一丝无奈，

“他一直是那样的性格。”

“原来我只是他给自己找的一个乐子。”齐抱朴不满地皱眉，“好烦！”

白泽听着他的抱怨，轻轻地笑了：“他已经离开了。”

听到这，齐抱朴有种说不出来的感觉。

船忽然传来不轻不重的撞击感，将齐抱朴从思绪中强硬地拉了出来。他抬头看向外面，不远处是临海路排列整齐的街灯和拔地而起的幢幢高楼。

“我们到了。”

齐抱朴再见到林修齐时是第二天的下午。

林修齐的脸上仍带着疲惫，眼下的青黑也没有完全褪去。但比起昨天齐抱朴见到他时的样子已经好了一些，至少整个人看起来干净了不少。

耳鼠如同往常一样趴在齐抱朴的肩上，长尾巴一摇一摇地跟着他去隔壁串门。

“你昨天什么时候回来的？”进了门，齐抱朴急急地问。

“我也记不清……大概凌晨三点多。”

齐抱朴点了点头，悄悄往厨房看了一眼，压低声音问道：“阿姨……没有骂你吧？”

“没有。”林修齐搓了搓手臂，“她昨天哭了好久，你等下不要跟她提哦。只有你知道这件事。”

齐抱朴神色凛然：“我当然不会说。”

林修齐点点头，也没说信或不信。他盯着耳鼠眨了眨眼，疑惑道：“你养宠物了？”

齐抱朴听了有些疑惑，顺着他的视线看向了坐在自己肩头的耳鼠，再抬起头，有些惊喜地问道：“你……看得见它？”

林修齐眨眨眼：“嗯？这是你说的上古妖兽？叫白泽吗？”

耳鼠吓得直接从齐抱朴肩膀上栽下去。齐抱朴手忙脚乱地接住了它。

“哇，抱朴，你怎么跟他讲的啊？被白泽听到我要死了！啊，不对，白泽肯定知道我们现在在说这个啊。呜！”

齐抱朴有些哭笑不得地捧起耳鼠，安抚地摸了摸它的耳朵，然后说：“不是，这个是耳鼠。不过它也是妖兽。”

林修齐“嗯”了一声，眼里不由自主地带了一丝羡慕：“你认识了好多新朋友。”

齐抱朴拍了拍头，怪叫道：“我都忘了！我说过要带你去见见白泽的！”

说完，齐抱朴一巴掌拍在林修齐的肩膀上，拉着他的胳膊就往门外走，“走！我带你去见见他。”

齐抱朴拉着林修齐出了门。刚走进院子里，白泽就凭空出现在两人面前，伸手拦住了他们的去路。

“不用大张旗鼓地找我了。”白泽的脸上带着无奈，“我不是总在图书馆的。”

“白泽，我带修齐来见你了。”齐抱朴说完便扯了扯林修齐的手臂，“这就是我之前跟你说过的白泽。”

“你好。”林修齐的声音有些拘谨。

白泽颔首。

“白泽，你怎么会在这里？”齐抱朴适时地出来接话，缓解眼前有些尴尬的气氛，“还有你之前说，你不是总在图书馆的，是什么意思？”

“我是来道别的。”白泽开口。

齐抱朴愣在了原地，耳鼠却像见鬼了一样露出难以置信的表情。

“你居然会特地来道别……真不像你。”耳鼠道。

白泽没有理会耳鼠的吐槽。

近一个月的相处改变了耳鼠对白泽的态度，从一开始看见他不敢说话到现在时不时还会怼他一两句，耳鼠的胆子变得越来越大了。

不过，这样好像也不错。白泽心想。

“我准备离开这里了。”白泽简单地说道，“你们以后还有很长的路要走，未来的路要靠你们自己了，我不能一直在你们身边。”

“是因为你要守的那个规则？因为你不能对我们进行干涉？”齐抱朴问。

“嗯。”

“我还能见到你吗？”

“我会一直看着你们。”

“所以我们还会再见面？”齐抱朴在最初的震惊过后生出了一丝不舍的情绪，“好吧。”

白泽没有回答他，而是伸出手，轻轻揉了揉齐抱朴睡乱了的头发。

“你们，要加油啊！”他意味深长地看了两个人一眼，又将目光移向了耳鼠，没有再多说一个字。

白泽的足尖一踮，便飞远了。

齐抱朴往白泽消失的那个方向看去，只见天上的层云渐渐幻化成了羊头龙脸狮身，就像第一次在市图书馆见到的白泽那样。

齐抱朴眨了眨眼，又看向身边的林修齐。

“我也不知道会这样，”齐抱朴的语气带了些遗憾，“可惜只能带你见他这一面。”

林修齐拍了拍齐抱朴的肩膀当作安慰。

“修齐，我也会帮你的。”齐抱朴忽然认真地说，“那个……我听说很不容易，但是我会帮你的。这次你赶我走，我也不会上你的当了。”

齐抱朴说的是戒毒，林修齐听出来了。他沉默地看着齐抱朴，对方的脸上明明写满了忐忑却还是装作强硬地说要帮他。他心头一暖，笑了。

“好，那就先谢谢你了。等我神志不清六亲不认的时候，你也得认了哈。”林修齐说。

“那必须的。”齐抱朴拍了拍胸膛。

“还有我！”耳鼠从齐抱朴肩膀上跳到了林修齐的肩膀上，“我也可以帮你！我们耳鼠一族识百毒、御百毒，有我帮你一定没问题的！”

“那也谢谢你。”林修齐眉眼弯弯，苍白的脸悄悄有了一点血色。

齐抱朴看着耳鼠和林修齐嬉闹的样子，开心地笑了。白泽和穷奇相继离去的不舍似乎也被冲淡了些许。

未来的路绝非坦途，齐抱朴也不知道前方还有什么在等着他们。也许会有好事，也许还会有麻烦。但无论怎样，他们都必须勇敢地走下去。

他们都还有很长很长的路要走。

齐抱朴仰起头看向天空，层云被风吹散，湛蓝色的天穹早已找不到方才如梦般的影子。